奎文萃珍

丰韻情書

[明] 鄧志謨 輯

文物出版社

圖書在版編目（CIP）數據

丰韻情書 / (明) 鄧志謨輯. -- 北京 : 文物出版社,
2020.1
（奎文萃珍 / 鄧占平主編）
ISBN 978-7-5010-6264-5

Ⅰ.①丰… Ⅱ.①鄧… Ⅲ.①書信集－中國－元代②
書信集－中國－明代 Ⅳ.①I264

中國版本圖書館CIP數據核字(2019)第189573號

奎文萃珍
丰韻情書〔明〕鄧志謨　輯

主　　編：鄧占平
策　　劃：尚論聰　楊麗麗
責任編輯：李縉雲　劉良函
責任印製：張道奇

出版發行：文物出版社
社　　址：北京市東直門内北小街2號樓
郵　　編：100007
網　　址：http://www.wenwu.com
郵　　箱：web@wenwu.com
經　　銷：新華書店
印　　刷：藝堂印刷（天津）有限公司
開　　本：710mm × 1000mm　1/16
印　　張：27.25
版　　次：2020年1月第1版
印　　次：2020年1月第1次印刷
書　　號：ISBN 978-7-5010-6264-5
定　　價：165.00圓

序言

《丰韻情書》，六卷，明鄧志謨輯，明萬曆四十六年（一六一八）建陽書林余氏萃慶堂刊本。

鄧志謨，字景南，號竹溪散人、竹溪主人、嘯竹主人，又號百拙生。今江西省余江縣鄧埠鎮竹溪鄧家人，生卒年不詳。著作主要鐫刻於明萬曆至天啓年間。在晚明文壇上，他是一個奇人、怪人。他在自撰的《事類捷録自序》中説自己『幼習糟粕』。所謂『糟粕』，大概是指正經、正史之外的雜書、雜學。從中也不難看出，這是一個落拓不羈的人物。雖然晚明世風澆薄，但敢於公開承認自己所學『糟粕』的人畢竟不多。《饒州府志》卷八載：他『好學沉思，不求聞達，……其人弱不勝衣，而胸藏萬卷，衆稱兩脚書橱。臨川湯顯祖嘗以异才稱之』。能够被湯顯祖這樣的大文豪如是推許，更可見其才氣之高。

『學成文武藝，貨與帝王家』是王朝時代士人的最大追求。據吴聖昔先生考，他是應過科舉的。但是，這個滿腦子『糟粕』的人是做不好以四書五經取題、裝腔作勢的『制藝』的，名落孫山是必然的事，所以他在《事類捷録自序》中才有『年長矣猶有童心，學步於邯鄲未能』的慨嘆。不過，天無絶人之路，晚明虽政治黑暗，但文化發達，出版業繁榮昌盛，不少科場失意的文化人都到書鋪子中討生活，鄧志謨也不例外。孫楷第先生《中國通俗小説書目》稱其『嘗游閩，爲建陽余氏塾師，故所著書多爲余氏刊行』。余氏爲建陽書林著名的刻書世家。依托於余氏坊肆，鄧志謨自此大展驥足，專心著述，終成晚明文壇上著作等身的大家。據統計，他的著作多達三十餘種，且題材豐富，内容五花八門。看起來，『幼習糟粕』、科場失意，對成就這樣一位著作家反而是一件好事。

晚明尺牘文學盛極一時，受雇於書坊主的鄧志謨自然要抓住這種有廣大讀者群的題材，畢竟有市場書坊主才有錢賺，鄧的酬勞也會更豐厚些。從現有的資料看，他編輯的尺牘書有《丰韻情書》《新刻一札三奇》《新刻灑灑篇》三種。《丰韻情書》搜羅情札勒爲一編，是其中較有特色的一種。

《丰韻情書》凡六卷，顧名思義，自然是一個『情』字貫穿始終。卷一『室家丰韻』，所録皆爲夫妻之間的往來信函；卷二『金蘭丰韻』，録男性朋友之間的往來書信；卷三『青樓丰韻』，録客與妓者之間的往來書信；卷四『幽閨丰韻』，録未婚男女之間的往來書信；卷五情詞，春夏秋冬四景調；卷六爲情詩，録《草堂詩餘選》中的閨怨佳作。滿紙風情，一書旖旎，妻勵志於夫，夫守一於妻；金蘭義結，堅於金石；紅豆相思，文詞切切，人間至情至性，盡在於兹。如卷首坦然生《情書小引》所言：『一紙素箋，露出五衷丹悃；寸心微意，寫來滿眼嫻辭。其丰韻之灑灑，真如蝶之戀花，魚之樂水也。是用殺青之以怡風流者眸睫。』雖個別篇章略涉褻瀆，然整體看來，文辭雅馴，多爲可讀可賞之佳構。

王朝時代重男輕女，若非李清照、朱淑真之類大家，女性的作品很難流傳下來。晚明士人對此種現象深以爲不然。明趙世杰在《精刻古今女史·凡例》中説：『選集古文，坊刻繁甚。每於女性遺弃不録，孰知宫闈中盡多名作，感慨激烈，倍於男子。』編選女子的作品集，『庶幾與典謨訓誥并垂不朽』。若此本，是可以視爲明以前女性尺牘的作品總集，女性尺牘文學的集大成之作的，盡管其中有些作品是自小説、戲曲等通俗文學作品中輯出，并非出自女子本人之手，然將之勒爲一編，亦有一定價值。此外，此本題名有『南陽居士評閲』，眉批有『上屬坦然生評』刊署。其實，所謂『南陽居士』『坦然生』云云，皆爲鄧志謨的别署。這本書的編選者、撰序者、評閲者都是鄧志謨一人。把作者題名搞的花裏胡哨，不過是博人眼球，增加一個賣點而已，這也是明代坊肆爲吸引讀者常用的手段之一。

此本書名頁刊『戊午仲夏萃慶堂梓行』。萃慶堂爲建陽名肆，余彰德、余泗泉父子都用這個名號刻書。每卷首冠單面方式、雙面連式圖各一，首圖左下刊『次泉』，次圖右下刊『刻像』，連讀即『次泉刻像』。建陽版畫以上圖下文居多，圖版狹小，構圖粗簡，綫刻稚拙。萃慶堂的版畫則多爲單面方式或雙面連式整版大圖，且鐫印精良細緻。此本圖畫人物體態修長，女性娟秀，男性儒雅，重背景描繪，風光秀麗，景物燦然。整體上看，頗類江浙一帶版畫風格，在萃慶堂所刊版畫中，是最爲精麗的一種，也是建陽版畫文人畫風格最爲濃郁的一種。『次泉』劉氏，建陽人，晚明最負盛名的木刻藝術家之一。從現有資料看，他在萬曆三十八年（一六一〇）後離開建陽，遠赴江浙一帶求發展，萬曆末年爲武林集雅齋刻過《唐詩畫譜》的版畫。《丰韻情書》刊於萬曆四十六年（一六一八），説明此時他又回到建陽。崇禎元年（一六二八），他尚爲建陽坊肆刻過《刻精選百家錦綉聯》的版畫，足證他的晚年是在建陽度過的。對劉次泉的生平，人多語焉不詳。故《丰韻情書》的版畫，對研究萃慶堂版畫風格的嬗變以及劉次泉的藝術活動軌迹，應該説都有重要價值。但迄今出版的版畫史結集類書，此本版畫皆未見選録，不能不説是一大疏忽。

此本傳世極罕，僅見中國國家圖書館、上海圖書館、日本内閣文庫著藏，檢閲不易。相信此書的影印出版，自可將之化一身爲千百，無論對此書的流通鑒閲，還是對鄧志謨著述的研究，对晚明社會情態、社會生活、愛情觀、家庭觀的探讨以及对晚明尺牘文學和建安派版畫風格的演變，都會起到積極的作用。

周心慧

二〇一九年九月

一輯夫婦　一輯幽閨　一輯金蘭

一輯情詞　一輯青樓　一輯情詩

手牘情書

戊午仲夏萃慶堂梓行

情書小引

語有云辭達而已矣曷嘗言情哉書以情名者予鏡諸古矣咏白頭而歎庾彥非室家之情耶思雲樹而懷梁月非金蘭之情耶憶韋臺柳枝戀吳江鱸魚非青絲之情耶炎秋廟之火贈溱洧之士蘭非幽閨之情耶顧情而不達以書何以語情書而不表以情何以語情

書茲編室家寄好矣金蘭遥悃矣青樓與閨幃通慇懃矣一紙素箋露出五衷肝悃寸心微意寫來滿眼爛斑其丰韻之洒洒真如蝶之戀如魚之樂水也是用敘青之以怡風流者眸聽

萬曆戊午夏戳穀之吉　坦然生漫題

手韻情書目錄

(一)室家　一卷

趙子昂與妻管夫人　管答

〇全函二卷　凡五十三首

許君信與孔顧之　孔答　黃元麟與陳履貞　陳答

趙仲璪與熊夢祥　熊答　鄧百樵生與晏生　晏答

黃維吉與鄧元貞　鄧答　鄧之林與羅子埴　羅答

劉義先與李純卿　李答　鄭之儒與范子瞻　范答

黃泰卿與鄧生　鄧答　鄭業周與劉敬則　劉答

陳應瑞與朱點卿　朱答　孫正華與吳伾純　吳答

鄭維貞與熊仁所（熊答）

張元愚與晏孔順（晏答）

董仲和與沈英發（沈答）

陶彥所與何延濱（何答）

孫全初與馮玉融（馮答）

吳匡人與薛景樹（薛答）

王順予與陳一義（陳答）

趙一予與孫浚初（孫答）

陸文甫與何一清（何答）

蘇仁甫與魏伯彥（魏答）

周爾純與楊孔服（楊答）

陳純所與吳會仁（吳答）

朱佩秀與謝伯敷（謝答）

宋文濟與潘懷謨（潘答）

陸賛襄與劉恒心（劉答）

（　）青樓三卷　凡五十二首

阮翠翠與杜若觳　杜答

程正卿與杜小紅　程合

金瑞娘與王郎索糖　王答

孫秀夫與薛皎皎　薛答

郭春華與程郎求燭　程答

閔蘂雲與劉時彥　劉答

倪元信與李鮮鮮　李答

鄭紅娥與吳郎索珠　吳答

周翰卿與陸鳳仙　陸答

謝玉姮與馮郎索炭　馮答

許如雲與蔣郎索筆　蔣答

朱纖纖與余郎索裙

（）幽閨四卷　凡六十六首

劉純表與賀雲英　賀答

辜畧與黎瑜娘　黎

瑜娘渡韋輅　韋答　　蘇育春通潘玉嘉　潘答

又蘇生達潘玉嘉　嘉答　　金輝通謝文娥　謝答

屠豳春通陳鳳仙　陳答　　吳美成遺鄭紫玉　鄭答

劉純通魏倩雲　魏答　　又劉生與魏倩雲　魏答

周英儒與范純玉　范答　　又周生與范純玉　范答

蕭和通宋如幸　宋答

〇情調　五卷　草堂詩餘選

春景調　記五十八首　　夏景調　記四十七首

三

目錄畢

契闊之约与子成说执子
之手与子偕老

閒凭畫檻沉吟久
摘得蓮花憶六郎

尺牘情書卷一

豫章竹溪主人 彙編
南陽居士 評閱

上層坦然庄評

吳閬數千里夫婦一緘書情思可見

室家尺牘

叙劉陳情好

劉聰、肴閬人、妻珩英、陳女也、夫婦甚相和好、聰入金陵監、未歸、珩英思之不置、因遺書通慇懃云

○珩英達良人書

妾珩英歛衽百拜 夫君臺下 記舊年君別時菊

歇別離情況秋空萬里碧旅雁一般孤

戒良人勿迷紅粉勉良人獨奮青雲深得風人之旨

花正吐黃金瓣此何時哉梅蕋爭開白玉枝魚鴈之書無傳鳳鸞之約不偶凄矣楚矣可惆悵矣妾自藁（藁砧夫也）砧之出首如飛蓬（蓬草如柳絮之亂）豈無膏沐誰適為容哉（適主也言無夫主妝語出詩經）念君憶君枕上夢魂夜夜到君邊耳老姑幸康健麟兒已就外傳家事妾能理之毋庸厪慮也金陵多麗人（美女）慎勿以折桂手而輕作探花使青雲步而輕踏綺陌塵妾至願笑咧年科塲大比更異筆鋒鏖戰早摶莊海之鵬（莊子北海鵬摶扶搖九万）待看衣錦歸來重跨蕭郎之鳳（蕭史跨鳳）則妾之甚幸也詞不

平平鋪叙，有一段愁怨。蝴蝶宿花邊，夢冷；子規啼血，舌頭醒大。可一惜

盡意。伏惟心照，是禱。

○劉生復瑛英書

劣夫聰頓首拜　賢妻粧次　去秋一別，今年又臘矣。鳳之隻，鸞之孤，舊愁耿耿；魚之沉，雁之杳，新恨悠悠。愁耶，恨耶，將塞蒲心肺耶。老母淂卿孝養，雖兒淂卿襁褓，家事淂卿綜理，僉曰區區淂賢內助，竊喜喜。來書云云，未悉良人意也。出其東門，有女如雲，雖則如雲，匪我思存。（四語出詩經　交意）我所思者卿也。卿尚以我覔巫山之

分明三種無情物說出一段有情話思深哉旨乎

科場已後歸歟歸歟但自雲路上歸更榮華自孫山外歸更寂寞

雨雲戀長安之花卿哉香一封怕一方玉簪一枝遠寄粧臺非云無意香欲卿名之芳馥怕欲卿行之方潔玉簪欲卿比德于玉而無瑕玷也卿尚憶之否明歲科場承卿勉勵弟折桂攀蟾吾所願也吾不敢必也吾所願者卿能為吾願之吾不敢必者卿能為吾必耶富貴在天順之而已果爾天之有意黃榜而有名乎必歸天之無意青雲而無路乎亦歸歸期在何在明年之冬橘綠橙黃之時不在後年之春柳綠搖

夫夫婦婦各盡其道此謂其可以風洵可風也

夫婦有警戒詞可曰雞鳴夫婦

紅。之景紙短意長、不盡所言、情諒之幸幸、

夫出矣孫撫孤訓子婦道無乖專在妻不可柳尋花夫復何愧更以書函各相勉勵室家之正也可以風矣

趙蘇情好

古吳趙女妍英者才貌雙絕嫁蘇簡卿為妻簡卿從外讀書趙寄鞋襪、于慇懃之中而致激勵之意簡卿亦惕于趙之言、自守以正、室家之正、有雞鳴

叙韶光之迅迅寫出恨之綿綿勉書史以諄諄寄鞋襪以戀戀趙氏之女不賢而能之乎

之風也、

○趙氏寄蘇生書 、音叔循恩字霧、

自君之出矣倏而柳花白倏而榴花紅又倏而桂花黃。方寸之思。何日而不耿耿。我郎既爾遠遊、尚當奮志青雲耕經耨史、不可馳情綺陌、問柳尋花、蓋問柳而尋花者。浪子也。君非浪子身。妾豈浪子婦。此琵琶記二語。妾頗記之。以勵我郎耳。羅襪一雙繡鞋一對、遠寄我郎、聊以表衷曲之愛、更製絶句一律贈君、：

欲舜鳳侶之歡不憐芸態之志此亦人所雜者

其賜一覽爲○羅襪綾鞋巧樣新態勉寄與讀書人好將穩步青雲上莫向平康謾惹塵

○蘇生復妻妍英書

別來易裘葛矣（謂寒暑之更）五更千里夢一日九迴腸離別之思柰如何哉幾欲遠歸以伸契闊之約第恐荏苒光陰不能進德恐樂羊之妻（樂羊之妻因夫廢學遂斷其機）或有斷機耳是以不敢不勉以副卿之屬望意也雖纖之惠憐之惜之見鞋襪猶見卿履卿之德敢忘于步武間哉青雲之路或未能

此處寓憑秋之意動故園之怀日暮鄉關何處是烟波江上使人愁

快登、而平康（妓所居之里）之塵、又寧敢輕忽哉、卿不必慮也、涼飈忽起。悲哉秋之為氣乎。紛紛燕子說歸期。遊子豈不思故鄉。區區將歸矣記區區別鄉時、正在三月三。而鄉之晤區區。或在九月九。一紙素緘、萬千丹悃（丹悃忠也）卿其諒之哉、

吾遠讀婦勉旃之激勵之賢婦也婦有云矣堂守之約束之賢夫也以吾媍而賢吾其梁鴻耶婦其孟光耶

如此離別
如此情況
猿啼腸斷
何必三聲
鳥法亀鋪
只消孤影
傷哉別手
苦哉別乎

鄧許情好

宋末鄧純仁、忠直士也、皖城人、為侍御、以直言忤旨、謫廣西從事、適家宿即發行、其妻許玉真、與之分別、鄧曰、吾母老、汝善事之、吾子幼、教善撫之、吾死無恨也、許曰、君雖然遠謫、必當重還、請無他慮、但此行勉矣、鄧之任二年不調、許乃使僕人往省之、因致書以達繾綣云

〇玉真與夫純仁書

悲〻切〻數般笳笛泣秋風三弄秦箏悲夜月可為一大嘆息

賈誼桐前風瑟〻湘妃廟裡月娟〻好吟落人也

良人遠出倏爾二年、不惟鳥隻鳳孤、無索魚沉鴈杳、但別君處。渡傍渡。望君處。山外山。思君處。愁上愁。念君處。苦中苦。蒼天〻〻、何令人佗傺一至此耶、老母幸亡恙（亡無通）、雖兒亦能啜菽、君之失養于母、不無慈烏之泣、君之不見于兒、不無舐犢之悲（愛子者曰舐犢之愛）、此人情必然矣、然此無足慮也、惟君之遠謫、以嚴霜烈日之操。處于瘴雨蠻煙之地。妾能為情乎、妾恨未能織一幅廻文之（竇滔遠謫其妻織廻文錦以獻天子〻召還之）錦。使天子召還耳。雖然、此君之命也、君自勉矣、天

帝鳥歎嚴春寂寂落花滿地月娟娟總是鎖氣之處

以夫之諸妃地近蒼梧以湘竹比淚痕思戀哉

為　聖朝扶社稷。肯教夫子不生還。只珍重此身好（宋人送唐介謫官詩句）上為國。而下為家耳。萬里關河、滿腔愁緒、鴻鴈來時悲。信斷。子規啼處憶人歸。君倘問妾之舊時容乎、綠。鬢朱顏。今盡改。（惠句）可憐只有寸心丹也。封書遠寄、別淚盈盈、君之任所距蒼梧（舜崩之處）想不遠、更請看紙上斑痕即有。如湘妃廟前之竹斑短情長、統惟心照、（湘妃○堯二○女也○天舜○涕淚○染竹○成斑）

○純仁復妻玉真書

別母在堂、別妻在室、別子在襁褓、自我不見、于今二

楚﹅淒﹅如春鳥啼月歌﹅咽咽如秋鴈號風愁如峽水滴﹅下愁似巫雲疊﹅高

年、雲山蒼﹅、動我遐思哉、純仁一心戀國、一心思親、又一心憶妻子。悲火燒心曲（白樂天詩）、愁霜壓鬢根（白髮）、淒矣楚矣、無柰何矣、老母離兒、賴卿撫養、卿既盡婦道、又盡母道、純仁不能盡子道、盡父道、何也、抑何以立于天地間耶、承書諭我珍重、純仁君親之恩、而未能報、豈敢不珍重哉、第朝廷有含沙怪蜮（蜮含沙射人影入水病比讒臣也）、奧地有慘目蠻煙、純仁之生死、未可必也、天而欲我生還乎、尚能白馬過里門、天而不欲我生還乎、未免青蠅（言死而蠅聚）為吊客、言之至

白雲明月真知鄧公之情哉歷悵悵悵

鄧公可以為忠臣許氏失為忠臣婦子再表而出之

此、腸不覺寸寸斷矣、一紙家音萬端愁緒、一片白雲其知我遊子情。一輪明月其知我羈入恨苦哉苦哉、御尚悉此情焉、草草不宣、

閱此二書鄭公忠臣矣孝子矣慈父
余覽其妻許氏之與兒孝婦書
懿乎哉貞專哉全舌而可覽者也

吳陶情好

吳琛若、豫章人、妻陶氏瑜英、閨門雍睦、不啻琴瑟琴

烏夜啼雉朝飛用得恰好

總楚郛風景寫心上愁思聯絡甚有情味

之鼓也、琛因商于楚、三年未歸、瑜思之不置、因人便寄書以致叮嚀之意云、

○瑜英寄夫吳琛書

（夫曰藁砧）藁砧之去、今倏三年矣、老母在堂、如之何不悲乎、烏夜啼之曲、耶寡妻在室、如之何不念乎、（情狀○乎與○妻作○雉朝○飛）雉朝飛之操耶、（之操）是果湘江兩岸花木深、而有得意人留君耶、（古語）不然楚郛去巫山不遠、而君有行雲之愛耶、又不然、湘浦（言書○信之○無）果然魚沉、衡陽果然鴈斷耶、君縱不念妾、如何不念

訴盡寡妻之苦，勸動羈人之思，鶴悲猿啼，使人腸斷。

八行牋一首詩，千種思，數行淚。良人良人，如何不動一番悲也。

老母哉，妾自與君一別，脂憔粉悴，翠減紅銷，一種閑愁，常撮在眉峯之上。君胡不念之？况姑媳煢煢，家事擾擾，妾女流也，奈何而能支持之？尚乞擺脫名繮，掣開利鎖，早圖家慶，畢煩惱之債，撤愁思之障，妾之至願矣。一首鄙詩，聊當春山子規，飛向君前泣耳。君尚情諒之，幸幸。○珠淚紛紛滴硯池，含愁忍寫斷腸詩。自從昔日分携手，直到而今懶畫眉。無藥可醫長夜恨，有錢難買少年時。高堂雙鬢今如雪，遊子如何尚

一字一咏嘆一語一悽惶芭蕉葉上秋霖雨夜深一點一點愁

不歸、

〇吾琛復妻瑜英書

別母遠遊別妻外遊卿且以我為逆子哉、浪子哉、我則不然、高堂母老常嗟菽水之荒凉。出閨妻嬌倍嘆瑟琴之寂寞。故自離家之後、身羈楚地、心在鄉閭、千疊雲山千疊愁。一天明月一天恨。洞庭之烟浪能縈我吟思。赤壁之風月能動我遊興。湘江之花木能入我夢魂。他山萬點思親淚。不能滴向家山地、柰之何

作事無成者多是知此愁悲

分明是書信一封撿動他歸心一點

柰之何自恨造物如人命途多舛、求名〻未成、求利
利不就、不如意事十八九、可與人言無二三、允若人
言哉、雖然、季子遊秦不覺黑貂之敝、百里奚去虞豈
忘扊扅之歌、我將歸矣、我將歸矣、歸期合在隴梅開
不到子規啼血處、卿尚俟之、卿尚望之、仍有絕句一
首、為寫愁懷、惟卿情照之幸〻〇登樓極目倍思家
家在吳天〻一涯、自是欲歸〻未得、故園空落瑞香
花。

豫章抵金陵水隔水金陵上豫章山隔山遥寄一緘書室家誠雖睦哉

吴生之弟觀遠遊男子四方志也諭英之寄書達悃婦人室家情也弟諭書一法而豈駕迎還雖毋子之情深矣夫妻之義重也

陳沈情好

陳如主、豫章人、入金陵監、妻沈瓊華者、才貌殊絕夫婦甚相雍睦、有舉案齊眉之風、爲陳別年餘思沈之不置、遂以書訊問、表室家情好云、

○陳生寄妻瓊華書

此處一事一問家園景象即在愁人之目中

遺物表意托物寓情有思緻有

與卿一別倏踰年餘鳳簫聲不知冷落幾許想卿時最苦秋之夜擁衾獨寐無端夜雨滴空堦聲聲滴入（古句）愁人耳也別來兒讀書否女刺繡否堦下牡丹花茂盛否牕前篔簹（篔簹大竹）竹秀密否鋼中錦鱗魚長大否架上經集子史書亡恙否予念及此一一問之見予思卿情也思卿所以思卿也數月相望極（四句唐人詩）須知意思迷夢魂不怕險飛過大江而允有客入所言奚贈卿琥珀簪二枝卿憐惜之當作鬢邊雙鳳舞莫教孤另嘆分

情了而盡甘顏有半語也

如此訂歸期似太硬似太套

離菱花鏡一面卿珍敘之莫使樂昌當日破致令明（樂昌與夫分破鏡○分剛）
月不團圓鴈陣新來木葉既下甚哉秋之蕭索也予
不能作悲秋之客矣瓜期欲滿予且歸矣卿尚閉東
閣以待予々將為梅花主人也才箋達意伏惟卿之
情照不宣

○變華寄夫陳生書

自君之去矣雲山蒼々江水泱々思君之情山高水
長何贈琥珀簪々對而人未對菱花鏡々圓而人不

如怨如慕如泣如訴悵楚兮如湘靈之鼓瑟淒切兮如秦女之品簫哀怨兮如韓娥之撫箏哽咽兮如昭君之弄琵琶使人聞之不覺淚下

閨靚物懷人，倘所稱豆蔻不消心上恨，丁香空結雨中愁（唐人詩句）非耶？承諭歸期，東閣梅花，待君作主人。梅花開太半，夫婿未曾歸，主人安在？此不惟冷落妾，實冷落梅花也。豈君之不歸，徒以歸期誑妾耶？不然，抑金陵多麗（美女）人，皆迷粉戀君，欲歸而歸未得耶？君向所云他鄉不作悲秋客，今今他鄉作傷春人，更可為一嘆。雖然，歸不歸在君，望復望在妾。君倘念兒女之情、夫妻之愛，撇花柳而戀桑梓（桑梓家鄉也），可也。鴻便附以一緘，一字字

大都夫婦之情皆是如此

有此嚴父何愁無肖子哉

一嘯珠者君尚知之否、

無歸期而約歸期不以急乎俟歸期而不見歸期是可怨也約歸期乎太早情也怨歸期乎太遲亦情也陳耶詵耶夫婦之情可見

周董情好

武昌周昌齡庠生也、秋科不利而歸、父怒、命其讀書外郡、即日迫之行、妻董氏蕙娥者、别久而思之遂着人相問訊、且遺書以達繾綣、昌齡仍有復書、

遵父命尚欲頓妻愛得乎

寫出秋景凄涼是一篇秋聲賦使人安得不悲

夫婦之情好、大有可取者也、

○蕙娥遺夫昌齡書

君秋場落〃歸、曾不一宿、父怒逼之外讀、父命嚴矣、如妾之情未恐、何况此秋之為景、風物凄兮、妾慮其鴈陣驚寒、或增良人之惆悵、寒蛩泣露、或動良人之嘆息、芭蕉響雨、或助良人之欷歔、砧聲擣月、或添良人之寂寞、鐵馬敲風、或引良人之悒怏、妾與良人隔天之一涯、竟不能親傍之慰撫之、妾能為情哉、妾能

勉旃夫子一語一切還之雞鳴患婦不是過矣茲可以風矣可以風矣良人不猛省非夫也

為情哉衡山之雲似妾之愁思黯黯湘江之水似妾之怨淚汪汪妾兮妾兮柰此離別何雖然重功名者薄恩愛也妾惟願嘗越王之膽（越王句踐欲報吳仇臥薪嘗膽）不以為苦刺蘇秦之股（[illegible]）不以為痛映孫康之雪（孫康映雪讀書）不以為寒耕經耨史（[illegible]）囊螢（車胤夜囊螢讀書）來科大比將見鵬翼扶搖（扶搖風上行）瞬息而九萬里也滄海寧有遺珠（遺珠注云滄海遺珠不中之事）哉荊山寧致泣玉哉君去後妾曾啟君之書筒見筒中有西廂傳奇君所最加圈點者有曰休因黃鶯兒奪了鴻鵠志藕絲兒縛定鯤鵬翅溪詞

以書簡見傳奇述此數語以勉儀有佳趣

彭澤曉烟述翠覽瀟湘夜雨損紅粧自另愁人景象

兒污了龍蛇字數語，玉玉妾且述之以勉我郎，我郎勉之哉，勉之哉，不宣

○昌齡復妻蕙娥書

憶自秋場失志，父命迫之遠讀，足纔入門，又出夫門，雖欲與卿話一別不能，江流曲似九迴腸，（唐人詩句）我之謂也，自抵館中，秋景殊覺蕭瑟，月色懸空皎皎明明，偏自照人孤另，蛩聲泣露啾啾唧唧，都來助我愁腸，傷哉，宋玉之悲秋乎，我之懷矣，（詩經之語）自貽伊阻，竟不覺撫心一

半點隱盡指花月一擲波濤松樹風玩之洒々然聽之玲々然哉妙哉妙

大慟已、承翰勉諭、敢不苦志青燈、潛心黃卷、日兢兢惕勵、越王嘗膽之志、為子孟明焚舟之計（秦孟明與晉國戰破釜焚舟以圖必勝）、以蓋前愆、不然、負父之教也、負卿之望也、我何以為人哉、第坐破寒氊、欲酬步月登雲志、丟闈寶瑟、不作乘鸞跨鳳人、卿其謂我何、一紙回緘、滿腔離恨、卿念之否、

周生覽之科場憤發者遺笑之案陽春羽被之桑榆暮不以柳眠之私而生面戀生不以離分之重而廢琢磨此雞鳴之賢婦也

鄭之與白不幸而遭其兵火又幸而各詩主人此破鏡之可以重閏斷絃之可以再續也

鄭白情好

鄭甫浙人也、娶妻白貞娘、因遭兵火失散、貞娘為武帥所得、詢其夫為郡庠生、不敢私、且見其乘違歎歎、亦不忍私、惟以女待焉、甫遍覓貞娘不見、以為必死矣、遂游于外、貞娘聞其消息、知在雲中吳太史家館也、因以書達情、烱圖會合云、

○貞娘達白生書云（寇賊之所）

綠林寇起、白丹橫空、黃塵滿目、遂令比目魚分。散手

春山壓損庭前柳丁香類結雨甲愁

太行天塹二語引得恰好

猛浪連理枝摧折于狂風惜哉痛哉妾旨失散夫子幸遇于武師錢公之手錢公甚德夫人亦甚賢以女待妾〻丈之母之此妾不幸中之大幸也第妾失良人之後腸一日九迴淚兩行萬點望明月兮悵復悵瞻白雲兮悲復悲見落花兮愁復愁聞啼鳥兮憐復憐舊愁纔下眉上新愁又起心頭所謂舊愁似太行（山名）山隱〻新愁似天塹（長江之謂之天塹）水悠〻非耶妾曾白於錢師遍訪行蹤欲會鳥儔絕無鯉耗（双魚寄書故事）今知夫子在吳太史府

契闊思良會淒涼憶往時人情大都然也

夫婦情深此既封書和泪封彼必看書和淚看矣

中館、妾亦賀夫子得賢主人。蓋夫之幸。亦妾之幸也惟以吹斷玉簫、冷落秦樓之月。丟閑寶瑟。飄零故苑之花、妾之至恨、君那得不恨。尚乞辭呈太史之府、入餞元帥之府、重尋舊侶、再續良緣、脫愁煩而就歡娛、聯別離而轉會合。妾心慰矣、妾心喜矣、一紙素箋、而行紅淚書成、和淚封、君將含淚看否。君試憐之、妾日望之、不宣

○鄭生復妻貞娘書

雖子不從，高及入吏，倚誰家門戶，飛貞娘跡入錢府事也

燭燒心肯，淚蠶老腹，多緣可爲此許

曩遭兵火之變、失散乎卿、倒分亂軍之中、卿守節操。必玉碎珠沉（謂死）。卿不守節操、必脂污粉織（謂遭淫辱）。豈憶九死一生、謂他人父、謂他人母（語出詩經）、而他人且謂卿爲子也。幸何如之、喜何如之、大難既平、予徧覓卿之消息、杳然無音、遂悶悶然遊學外方、今幸館于吳太史家、非不滑所也。但思卿念卿、量獄杯中（古句）愁添心上、望天邊明月。必問曰嬋娟安在、瞻嶺上白雲、必問曰巫女何踪。幾廻假寐（不說衣冠而說寢以寢寐）、唯夢魂中恍恍惚惚見卿于舊時庭院也。卿

愁ゝ切ゝ悽ゝ愴ゝ寒螢語處秋光冷杜宇啼時春色闌

侯門似海謝語引之恰好

寧知我愁哉卿寧知我苦哉得卿來書既不勝喜禧不勝悲喜之者喜人之渡在悲之者悲人在何處也卿修書和淚修予看書和淚看一紙書不知幾許淚淚珠洒作西軒雨簷外滴滴不斷流嗟哉苦也伴固書亦固莫謂書固人不固吳太史暫往他邑太史固予則行矣重伸契闊之情再結團圓之會並致謝牋公死生骨肉愛也但須致語牋公勿謂侯門深似海不許外人敲荷荷

盧翁而偏婦之嫁惡人，惡人茶商而全歸之，即好人好人

貞娘得錢帥為夫，毋鄭生遇矣。公為主人，名[illegible]將依也。更貞娘不又爭錢帥，豈再偏鄭生〻〻不主人矣。公張漢見貞娘，貞娘耶？鄭生耶？吳公耶？錢帥耶？一本好傳奇，待爬之

盧蔣情好

趙宋盧川，豫章人，娶妻蔣淑真，甚相諧睦。盧生因求名上國，三年未歸，家事蕭索，父乃逼令淑真改嫁楚之茶商。〻〻蔡姓，揆名也。淑真啼泣不從。蔡

一詩寫衷怨、淒楚不忍口誦、使後輩過客聞之腸斷、武陵花謝、遊子見之消魂

商不忍私、竝結爲兄妹、令其日侍于母、及蔡商歸
娶淑真、留詩金山寺與盧之一見詩曰一自當壚
別鳳凰、至今魚雁兩茫〻、新婚肯作商人婦舊恨
難忘折桂郎、彭蠡曉煙迷翠黛、瀟湘夜雨損紅顏、
懸詩特寫金山寺高掛雲帆上豫章、盧後游宦第、
過金山寺、果見其詩、不勝悒怏、及歸、又不敢怒其
父、只默自消鑠而已、蔡商知盧之崇歸、因白于汝
真、使之達書表其意、盧遂書取回、再成契合爲

淒詞慘苦，事皆如嚼。敘真之苦，真言不可炙着也。

〇譏真逢夫盧生書

妾自夫子去後，望夫子兮水隔水，憶夫子兮山隔山。日復一日，年又一年，夫子竟不歸，家還饑荒，春與夏衣薄食朝粥。翁乃逼妾改嫁蔡崗，妾欲不屈，如翁之嚴命何？妾欲屈，如身之名節何？妾于此時，呼天不應，問地不語，無可奈何，愁積似山，淚滴如雨，恨不一見黃泉，作千古含冤之鬼。彼蔡君者，非惡心人也，憐妾苦心，憫妾苦事，止令妾拜之為兄妹，日倚梁之母、

當此之時，蔡崗不是好人，譏真必作冤鬼。

妾切妾切鐵石人亦當爲下淚來

冤憐求合語甚悽愴買臣婦雖不可復見買臣百里妻更當重逢百里

渠之毋、實以親女視妾〻之辨白。未染也。妾之此情、天知地知瑤池。古氷（唐人詩句）壺爲資作心肝。夫子如不釋然、請。剖與、夫子看之過、金山寺、曾番怨詩一首、詩七八五十個字、實百千億萬種愁題、詩之日、尚有啼鵑語。燕都來、助妾之嘆息、者夫子曾觀之否。今夫子駟馬歸矣。書中有女顏如玉、挑席畔、豈無佳人哉。但妾非買臣之婦、自求出者也、其出嫁者不得已也、夫子宜諒之也、今倘不容妾一見、妾果作含冤鬼哉。當年盟

[illegible]

送别之語淒其楚矣盧生歸不見舊時人只憶舊時詩想亦難為情也

誓石爛海枯。今朝光景星移物換。妾之心事青天白日。妾之情緒愁雨愁雲。今寄素緘一行書信一行淚。千里關山千里愁。夫子尚念之乎。蛩紙短意長。伏惟台照不宣

〇盧生復妻淑真書

記得當初一別卿。歌曰。春草碧色。春水綠波。送君南浦。傷如之何。（江淹〇別賦）我歌曰。春水渡傍渡。夕陽山外山。別卿出南浦。誰念客衣單。（唐人〇詩句）不意利名韁鎖。狗人工國若三

引父也天只不諒人只語恰好

貧賤之交不可忘盧生得之矣

年而不得歸、鴈杳魚沉、音信斷焉。孤鳳僾然、敞高區。豈不念之、奈歲迫飢荒、吾父有嚴命、遽令卿毅其程所天謂吾嫁也所天父也、天只不諒人只（詩經之語）音止。所壽商人、茶生有、易夫婦而呼兄妹、靜言思之、以為卿之幸耶、不幸也、以為卿之不幸耶、幸也。然卿之貞心不泯、而商之美德可嘉、蔡生者、誠死生而骨肉者也。卿德之矣、屋々德之矣。德謂感恩德刻骨銘心。何可忘之。俚諺云、既墮之甑、反顧何益、既潑之水、收之實難、非所以論於卿也、今我已白之于白告也

歹德報德
蔡生自當
如是

新婚未久
父命其外
往瞻不忍
行不得不
行珩不忍
別不得不

父、欲迎卿完聚使樂昌之破鏡再得團圓武帝之斷
絃再得接續卿尚寄敝蔡生渠既與卿兄妹之區區
當與渠兄弟之也草草附復載卿之舟即尾而来矣隨後孰来意

盧莿服子之婦之婦恐也商人全婦之
守仁也併真不從商之囊節也盧
生迎婦以歸義也悉于迷兮又

張蔡情好

張瞻江州人娶妻蔡氏珩英交歡未數月父即命

別此時真難為情也 豆蔻稍頭丁香枝上合有幾多愁思

其商於外衍英寄書以仲契闊張復書訂歸期云

○衍英寄張郎書

妾與良人歌彩鳳文鴛者未久賦伯勞飛燕者遂成此情恐乎妾自別君之後琴絶絃而不彈鏡掩光而未照首如飛蓬心似麻為良人故也良人不歸曾憶別期乎碧桃花五度還是幾何年敢異鄉風景年〻花落處而無子規耶良人胡為而無歸心耶妾曾問良人消息上下吳楚間無寧日妾賦有詩云去歲聞

揚州風景都在目中

究濤聞歸期歸對更何在

郎楚水遊。今年又説下揚州。無緣得似白鷗鳥隨潮郎舟到處遊。我郎閲此詩。知妾之情也。但我郎揚州之往、（腰纏十萬貫騎鶴上揚州）今跨鶴乎。妾以為揚州之郡、景物頗饒、我郎從（揚州廣陵濤甚大）廣陵門觀濤則可、入無雙亭觀瓊花則可、（天下唯揚州有瓊花）若二十（古詩二十四橋風月夕玉人向處教吹簫詠揚州景也）四橋風月、吹簫玉人佳甚。我郎勿往遊之可也、書到日、急整歸裝、送鴻風順、好掛雲帆、中秋之夕、明月團圓。人亦團圓。良快也。不然、季秋之初、破鏡飛上天矣、（古詩破鏡飛上天良人大刀頭蓋破鏡謂新月也大刀頭者刀頭有環取還字之義）何當大刀頭也哉。紙短意長、寫未盡衷曲、伏惟我郎情

哀自蜀猿敲裡見然從杜宇口中傳

照之衘〻

○張瞻復妻衍英書

三月結鴛鳳。五載成參商。人非鐵石心。那堪此離別。予自離鄉之後、事不偶意、願不從心、詩有云、九十日春晴景少。百千年事亂時多。此正為區〻賦者。予試思之、天乎。人乎。也奚尤。室家之愛、予豈不念。只為利鎖名韁。伶落盟山誓海。豈不懷歸。欲歸〻未得。耳接華翰、心不知所云、愁疊作百雉。金城安得一蹴而倒也。

紅葯將實梔花白卻素馨花有主人

別而恨會而樂人情乎允若所許也

揚州之鶴縱未能秦樓之鳳不可無柔况木落淮南天際頭蕭瑟人光景也吾將歸歟吾將歸歟約卿歸期、或不如卿所望、尚在金菊謝黃玉梅吐白之日卿少侍之、謹復、

新婚後五載遠遊其恨如何久別後一旦重逢其樂如何恨如何樂長別何樂如何柔此之復何

姜謝情好

鬻字而夫婦相遇、不知何以為情。

不有主母之覺、焉得兵官之憐、兵官憐而遣之、天使之也。

姜子奇、吳人、娶謝女蘭娘、結三載、值大兵過、倉惶逃竄、遂失妻、為兵官挾歸、子奇流落至京、鬻字于市、妻知其為子奇也、未敢認、其憐之、子奇不敢仰視、亦疑其為妻也、翌日子奇作書一緘、復以鬻字至其所、將欲投之、蘭娘、蘭娘亦以子奇必復來、亦作書一紙、以待子奇、子奇至、兩相投之、忽為主母所覺、奪視之、白于兵官、兵官閱其書、憐而遣焉、其夫婦乃得重完聚云、

妾楚其情，悽惶其事，鳩鳴午寂，難為聽哉，話春愁不忍聞

○蘭娘付夫子奇書

憶昔大兵一過、可憐地覆天番日。正是鸞愁鳳泣時。良人失妾、妾失良人、瞻之不可、號之不可、良人去矣、妾見收于兵宮、兩地相思、妾不知良人何在、良人不知妾何在、泪珠兒不有千行萬行耶、愁緒兒不有千端萬端耶。聊幸天假一晤對面而不敢相認、良人兮。如妾何、妾兮如良人何、那宵枕上、不交一睫、被無端小鹿兒撞破我心頭、焦、妾作詩一首云、夫番呉地、妾

此倚三載苦好合一生心

招魂之語緣人毛骨

江東三載恩情、一旦空、葵藿有心終向日。楊花無力暫隨風。雨行珠淚。孤燈下。千里家山。一夢中、昨日見君情更切、愁嚴夜。雨滴梧桐、良人覽此詩、知妾之苦情也、尚乞作一區處、使樂昌之破鏡重圖、妾之至願、不然、妾從此休矣。更請良人。從南北山頭。招妾之究。魂。以返。不悉、

（一）子斋與妻蘭娘書

兵火之中、與卿失散三載、而杳無一音、竊以為卿必

思前想後
癡滿有情
只鳴々然
不勝悲切
今晚々惱
廻文錦遺
旹誰人不
惨情

這箇胡笳
恨是斷腸

玉之碎。珠之沉也。豈意昨又見面哉、但見面無一言而恨為如何、咫尺地隔如天塹。方寸心亂若蓬麻、中人相念。意中人心上事。各憶心上事。天乎天乎、何使人一苦如此、雖然此在卿之自決也、倘若愛恩深處。覩骨肉從此蕭郎是路人。或者桃源憶故人。蘭娘還是姜生婦。今欲訴其苦于旻天。鳴其情于兵師、使之以慈悲筏濟人出相思海。以恩愛擲接人下離恨天。未知可否、我心不厭我恨不平、我愁難忘我思難

青顏落花啼鳥等不惱我情懷

離合悲歡大都屬之天耳此云劫數乃緣信然也

恨、故里風光頻在念。異鄉景物倍愁人。試問蒼天樂昌之破鏡、還可合否。孟嘗之去珠還可還否。故苑之牡丹還可翫否。今對面不交言。一筆聊當古鄉諒之。諒之不宣。

失散于三年之前劫數也定也會聚于三年之後巧緣也定也兩紙書一樣心千種愁矣點淚無歸忘人也那得不憐而遺之

孫壯情好

此遽師亦通于人情者，不然成期未滿而誰其遣之歸耶

歡娛少，別恨多，能為情乎

孫之龍、吳人、娶妻杜氏秀琳、夫妻纔三月、遽以從故、從軍于蜀、去三年矣、妻思之、寄尺素以通情好、孫作書復焉、書寄矣、忽遺落書稿在地、遽師見之惻然、孫復以妻之書札呈上。遽師嘆曰、有是哉、相思之苦也、亟命其歸而完聚焉

○秀琳寄夫孫之龍書

三月為夫婦、三載成參商、（二星長不相見）竊以三月歡娛。十倍于三年愁恨。三年愁恨九倍于三月歡娛。誠消瘦人哉、妻

白玉璞中琢出相思黃金鑛裡鑄出相思泪誠然哉

忍之而復勉之深得風人之旨

自君之往戍，鳳簫絕響，鸞鏡埋光。雲淡淡撫花洞口，雨絲絲梅子枝頭，霧濛濛丁香枝，且總是一段幽恨。嘗作尋芳草詞云：眼中許多淚，溼透羅襟，鴛被撫頭見放處，都不是舊家時。怎生聽，更也沒書來，那堪被鳫兒調戲，道無書，却有書中意，排幾個人人字。妾之詞，妾之心事也。君尚念之，寒暑代更，萬千珍揖，更之早立邊功，以圖家慶，妾之至願也。不然，妾不能效竇（竇滔以遠戍，其妻乃織迴錦以獻之，天子取其夫回。）滔之妻巧織文錦，亦當效杞梁之婦親送寒衣也。尺

以蜀國之魂睽入書中妙甚深

一字一語都自悱惻心筆下脫來者

素一縷神馳蜀國巫山十二峰雖莫覓行雲之夢劍閣八千里豈能隔望月之懷綿綿此別耿耿此心君試諒爲不悉

○孫之龍寄妻秀珩書

與卿一別鴻雁鳴杜鵑語各三度春秋矣我之懷矣（數語出毛詩）自貽伊阻豈不懷歸畏此簡書詩有明言也但我之思卿曾誦曰此夜關山月玉人何處看（唐句）卿之思我亦曾誦曰蜀天何處盡巴月幾回彎（唐句）之語乎得卿一書

費長房女媧氏一聯我思古人惟白樂天秦少游等有此比喻

悲憤中飛出一段憤激令觀者小鼓

萬千愁恨幾聲羌笛數拍胡笳嗚々咽々更覺助我恓惶嗟哉悲乎費長房縮（古仙人有縮地之術）不盡相思地女媧氏補不完離恨天奈之何奈之何詩不有云乎契闊之約與子成說執子之手與子偕老若此之盟將海枯石爛者乃今若吁嗟闊兮（契之約）恐不我活乎（終不渝兮）雖然我之志未灰也將洗戈青海（屬地）外秣馬天山（南地）前慷慨立功效班仲升生入玉門關若寧馬革裹屍云哉（馬援曰大丈夫死于邊以馬革裹屍耳）壯士無寒卿不必送我寒衣也一紙囬音書歸神亦馳矣卿堅守此心

小戎之風，秀埒有之矣；鳴劍之志，孫生未必無也。

金陵覓新歡，似忘舊好者，亦不环（諒）之。

後期有在。不宣。

秀那寄女之書，勉女之主功，私情中而激以公義，此秦人小戎之風也。至謂後妻之書，以主功自勉，憂愁中而不忘憤激，此漢將鳴劍之志也，詢有可取處也。

吳陶情好

吳允卿，吉州人，娶妻陶舜華，合歡猶未終也。允卿客金陵，乃娶一室，三年而不歸。舜華乃為之緘自

叙別離之情夜雨簷空階滴滴空階裡空階滴不入滴入愁人耳

君之出矣三首修書一紙以遣其意允卿得書注下乃賦我將歸來兮三章以答之遂攜妾而歸而和好之情如初焉

○舜華寄夫允卿書

與君一別三度桃花雙鯉杳然無音孤鸞孑然失侶憶君念君雨滴成眼中淚珠雲結就心上愁恨風微了口內嗟吁傷哉別矣聞君娶妾金陵茂陵女子（相如娶茂陵女子為妾）蓋詩意于相如君君果忘廢廢婦耶妾嘗賦有自君之

詞三章盡有深思儘有餘趣

作昭一遠悲一處樂以詩詞形之妙々

出矣三章以志愁恨其一云自君之出矣鏡無輝菱菱花鏡名花冷落無人窺々時應有嫦娥在可憐夜々成孤栖其二云自君之出矣絃無音金徽玉軫紅塵侵有時彈動離鳥曲淒々楚々傷吾心其三云自君之出矣花無容梨花失白桃失紅自是東君不憐惜故園零亂三更風若覽此詞知妾之愁思也君果爾念金陵忘家山則南枝向煖北枝寒乎果爾戀新人棄舊人則南宮夜短北宮長乎君今令妾白頭吟妾且謂君

切憂刀繫腸線好対代語

此云娶側室為積井曰非也近是借挽麿耳

黒心漢君曾作嘖睇呑尺素奉君書往神往三更恨是切憂刀萬縷愁為繫腸線君尚知之諒之草率弗莊戀希情諒不悉

○允卿復妻舜華書

別卿下金陵三年未歸者刲鎖絆之耳別娶側室蓋衛莊姜見妾作緑衣之詩云緑兮衣兮緑衣黄裏書責賤夫所以為井臼計寧使卿賦白頭之吟哉歌緑衣之咏哉承示自君之出壬章及復歌之不覺淚之下予亦賦我將歸来兮答其意其詞云歳將歸来兮園有花好將

兩處詞章般風味能甚佳甚

流利敷暢悉是動人思致

杯酒賞芳華花開堪折且須折莫教零落委泥沙其二云我將歸來兮池有蓮亭亭靜直水雲天歸來擬看並頭蓮並頭蓮下遊雙鴛其三云我將歸來兮庭（篔竹之別名）有篔高枝拂漢搖青雲兮今有鳳歸來宿還教堦下（笋曰龍孫）生龍孫卿覽此詞知遊子悲故鄉哉秋風起兮木葉下紛紛燕子說歸期人何獨不然我將買舟江頭掛（買舟寓歸也）帆風裡卿且分付黃花徐徐而開待我作賞花主人不愁

主人賦共之出遊子嗟我將歸多有
情思多看手韻但喜見哀、見喜哭
有喜哀見喜、見哀或有悲更不
知此際何如

江東暮雲渭北春樹雲山
萬重寸心千里

長天亘斷雁來盡際院
落花鶯更多

金瓶梅詞

手韻情書卷二

豫章　竹溪主人　彙編

南陽居士　評閱

金蘭手韻

許孔情好

許君信、孔頤之、吳下士也、孔外有小友、而有佳冶、而掌中尚未捧明珠、許作書以讒、而孔有答書、亦心友者也。

○許生讒孔書

譎酒淫遊
夾注魚躍
鬪濂齋床
新如噴薰
出谷

相如為一文君便害消渴瘦矣仙郎之為文君若數輩頭臚腰股當作何狀且也鍾愛龍陽君平分風月倘亦有泣魚爭寵之事仙郎將潛入濂園花下以拒衆文君乎抑從藍田種玉割斷龍陽愛耶寡慾多子此四字金丹吾為仙郎藥之

○孔注復許書

入則粉黛女子出則龍陽男子此屬之放浪子孰謂謹厚者亦復為之耶所語云云又大不然截董賢之袖者婕妤

以其字品丘字妙甚

一片雲間不相識三千里外却二右

豈至無歡咲彌子之挑者、南子未聞吟落、一天子、一

夫人ノ也

諸侯、何嘗無儲若無世子者所恵金丹拜而受之曰

其未達不敢嘗歟復

評

李書云、讀之也、浚書云々讀之也之云甚

欲讀乎不能釋乎者也

蘇陳情好

蘇元麟、吉州人、陳履貞、袁州人、二人入金陵監、京

卿相逢、情意極篤、及二人別矣、答以書相往來、

巨靈推倒西山好句

托物寓意翻出朋友情好大有佳思

有所遺、亦今人中之管鮑也、

（　）黄生與陳書

自別袂後、斗柄三寅矣（斗柄指寅三月也）、凝眸遠眺、恨不得一巨靈（有力之神）推倒西山也。每念故里人文聚首京邸、京邸風月固無恙、（無恙托口氣問）第吟風弄月之侶、歸寧不冷落促膝處哉。今遣伻（使者）問起居、更奉犀角杯一對、乞收之、待他時過訪、好共吸杯中月也。檀香扇貳握、亦乞收之、請一揮動、有清風來故人也。此雖戔戔（薄意）者儀、實則惓惓者愛、外有鄙此一詩清快瀟洒，風從花裡過來香，水向石邊流出，叅者。

叙別之情宛而曲盡，別之恨慘以淒。

句為表索恍仁兄覧之、又見鄙人之惓也○一自河梁別。于今又二年。参商分卯酉。（二星○不相○見一○出則○一沒○）魚鴈阻天淵。月夕添新恨。風晨想舊緣。憶君還有夢。夜夜到君邊。

○陳生復黄書

二年聚首、千古知心、雷陳耶管鮑耶（雷陳○膠漆○管鮑○分金○）令人而古人耶。柰一別京華兩更春色、思君不見、雲樹蒼蒼、既賦柔膓而又賦柔蕭也。（使者）併表患以華箋、頌以厚貺、意殷殷而情雅雅、實慰矣實喜矣、無以報瓊、聊奉玉簪一對、

特物答意
函寓稿致
此詩又來
出塞之之
思所深一
鳩鳴午寂
又燕話春
畢者

以表合簪之雅（易經○繫辭○簪）金獅香爐一個、以表斷金之義（易經○二人同心○其利斷金）亦欲
足下薰莊馬（別○邊）之香也、仍有鄙語、録之紙間、見鄙人致
念于足下、足下其諒之焉、不見黃君久、嗟君適不
群、才華唐李白、勇略漢終軍（翰苑○詩經○漢南○懸○五）、懷背文章會、于今笑語
分、思君更相望、愁絕遠山雲。

蕭陳二尺在京師也、秖掌從勝一雷陳
也、在家山也、寄書覗物一管鮑也、友道西姓
可以风圣

契闊思良會慇勤一紙書信乎其情好之篤者

燕景叙別金縷戰落葉也大凄楚人

趙燕情好

趙仲琛、與燕夔祥、俱吳人、自幼為筆硯友、今別矣、致有魚箋、而有所思、而有所贈、此亦情好之最篤者也、

○趙生與燕書

碧桃初發時、與足下杯酒叙離別、今紅雨已落矣（古詩桃花亂落如紅雨）思君不見、傷如之何、徒感于伯勞飛燕耳（古詩云伯勞飛燕各西東）伻來相問訊、奉以素紈一握、其墜則銀為之猴也、此猴是孫行者。

誦奉鶴頂
琴猶潤劍
被龍睛血
來乳可為
此一说

有意味有
手韻有情
思夜雨湖
杞憐春風
秦女離

副身大有力量曾彌為齊天大聖足下異人也固遺古詩此異物辛玲之腊之梅雨初晴庭外石榴花已見其紅石榴半吐紅巾蹙巾半蹙足下如肯過我折一枝以當酒籌醉足下于新篁池閣

〇照生與趙書

春仲時足下為碧桃主人飲我以青州從事好酒之名此情此景恒在于胸臆間栥別後三分春色二分塵土一分花落于地花落流水于水思君有恨更寄于荳蔻稍頭丁香稜上承惠扇

詠雨打芭蕉佳甚佳甚

言言灑脫字字清新大是可人

并銀猴之墜、大增奇絕、試一展動、猿動風。即。風動猴。即不佞弟不覺爽爽。茲以赫蹏（紙也）一束、彩箋數枚、奉貢芸軒、以供揮灑、不然、足下或憶不佞弟、更好寫佳音。或封之鴈足。或付之鯉腹。俱可也。復書於來使、書往神馳、不悉、

一別一思一書一復一覿一談書中意究而轉請而切思之而又勉之良朋哉哉哉

余閩喜譚而來邑之卒

鏞濱有意味好鳥枝頭亦朋友落花水面皆文章

鄧晏情好

鄧百拙生晏景靜、俱豫章人、相與爲友、景靜交有麗人乃有故而別、鄧遺之書札、晏荅之宏麗、亦友道之最洽者也、

〇鄧生與晏書

景靜足下、風流蘇仙（蘇仙東坡也）哉、小紅別足下後、繫戀足下甚、前赴潭陽、聲如西家施（西子捧心而顰、蓋見其笑）、杜常娘不似舊時可嗟也、懷非訪其處、渠附以情緘一紙、一字一啼、珠更嬌以口

用古句善調弄者

似有情若無情似無情若有情妙甚ミミ

頭語萬千、足下來、一ミ為誦之以意中人心中事傳足下眼中淚也

○晏生復鄧書

足下抵潭陽、果從黃回娘家看花來耶（詩云黃四娘家花滿蹊）小紅與不俠、一夕歡娛耳、孰謂兩意之綢繆、况青樓丰韻安得有憶情人而憔脂變粉者、足下云云、莫余紿也已（紹詵此句深於感）足下謂小紅致嚴（致嚴猶云上覆）則可、謂小紅留情則不可、足下以報戀小紅乎、心中事未必然、意中人未必然、眼中淚又未

謔為緣譚，無數語流，彩數芳甚，有佳趣。

聚時相嚴，澤別后有懷，思非心交而何。

必。然。敦復

鄧生之書以為小狂有情，要生之書以為小狂無情。有情者何必隱為無，無情者何必礙為有。雪隱鷺鷥飛始見，柳藏鸚鵡語方知。

黃卿懷好

黃維吉，江州人，與卿元貞為硯齋友，極相眷愛，一別矣，二人約過訪，宛然雞黍之風也，通家之誼，蓋深有足羨者云。

落日砧聲急重雲雁影深向日一樽酒明月話知心此唐人句也大類此札

〇黄生與邵書

一年聚首千古知心既無割席之嫌（管寧以華歆不勤于讀書乃與之割席）頗有分金之愛（管鮑分金）膠漆哉雷陳乎柰別來無限憶想遠水渡傍渡夕陽（唐句）山外山徒阻我山陰之夜興（王子猷居山陰忽雪夜憶戴逵乘舟訪之）耳序屬清秋涼飈生而暑氣退矣弟將躡屣過訪足下其遲（遲待也）我來乎新菱旋摶雞頭肉舊酒初開鴨綠香與君共醉于明月光中桂花香裡

〇邵生與黄書

遊思張好曲詰雖情確訂避近此今人中之友古人中之膠漆之膺也意張耳陳餘善始而不善終愧死矣

承君之教。天高地厚。席君之愛。山高水深。約君之好。海枯石爛。奈一旦分携。雙鯉不傳（古樂府有書在魚腹）波底信。一鳩空唤（二語出唐詩）雨中愁。奈之何、夏日間欲過訪。奈炎暑未堪褦襶（褦襶音奈帶暑著）今君肯（月明藝林堂）儼然而左顧（左白）之、弟竊幸哉、此時黍正熟。雞正肥。固與足下別離時約也。弟掃門以待。何如、

聚義時了有而潭判袂後了有恆思雜黍之約無忘膠膝之情不能此真為友也丁以風矣

萬縷丹衷
總在一封
尺素哀鴻
雲外慼然
鳥雨中鳴
皆是此等
緣

羅鄧情好

羅子靜、與鄧之林、俱像章人、相與為友、同館子無為軍、極相眷愛、鄧有歸志、先往江南、辭別他友、因作書遺羅、羅復書云云、此死知其為心交云、

(一)鄧生與羅書

鴈陣號寒。蛩啟泣露。楓落吳江冷時也。（唐句）弟羈思寥寥。笑。訪胡友以忠歸、渡江而南、五月為期。勿使君六日不。（詩經。五日為期。六日不詹。）詹（噫念。）弟歸齋時亟欲移櫂歸故鄉、當與君細話離情

言別處江淹之賦銷魂畱人處白駒之詩欲咏情之良厚心之良契可以想見

拼青衫濕耳

○羅生復鄭書

萍水聚首，膠漆固情，弟何幸哉。兄往江南，果五日為期乎？歸則上金昌樓（酒樓）中，沽曦醞（酒名）一樽，為洗行塵耳。故鄉之歸，兄恐舍弟前行乎？木落淮南，天際頭思（古句），送君難為別也，莫若少遲一月。弟與兄買一青雀舫（舟名），促膝舟中，沿江盼兩岸煙景，賦詩聯句，擊楫豪吟，使波神（物備事）驚曰：何物兩人吐出金石聲，而徹我重淵哉。豈不為

晋人而言
及悽愴處
不得不晋

許之甚當

快、不然、女兒浦口。彭郎磯頭。或月明風細。或雨打蓬
牕。不有知己。恐增岑寂耳。歸來再訂行期、兄且少待、
不宣、

故里斯文他以聚首連床風雨可云厚
矣別不忍別先臧告別歸不獨歸約訂約同約
相須之殷素所相遇之殊也

劉李情好

劉義先、豫章人、李純卿、吳中人、相與同硯席一載、

一紙素緘不勝繾綣子規夜叫桃花月旅雁秋號梧葉風更覺慘切

分袂而歸、雲樹之思不置也、千里外、以尺素相往來、此亦金石之交云、

○劉生與李書

夜雨連床、春風促膝、時逾一載、義重平生、足下之教我愛我、兒生而骨肉者哉（左傳句）、慨自揖別河梁、望眼空懸、愁腸欲結、廬山（在南康府）高哉幾千仞、彭蠡（湖名）闊兮幾千尋、無由將長房（長房有縮地之術）縮地一晤、惟思君有夢常常不怕險、飛過大江東而已、別來德業想日新、大鵬（大鵬起北溟而南圖東扶搖者九萬里）奮起由北溟而南

行雲流水之態渾不著色相

首叙離別流利而爽[illegible]悅

圖著、易々也、若不倭弟擔揄之翼、（擔揄呂依飛揄枋之間）且不能展尋丈之勢、安望九萬里為哉、千里尺素無物佐緘、聊奉素葛一端、（許子有鴝鵒之硯）鴝硯一對、繭紙百番、夫葛著表弟之絲々情、硯著表弟之實々愛、紙著表弟之薄々意也、幸足下不鄙其轆而笑受為荷々、

○李生復劉書

聚義西垣、情投膠漆、分携南浦、勢阻參商、幾迴有夢思君、亦曾繞遍于匡廬彭蠡間也、別來想已蓋問學

汗衫玉簪等事入意有思織有韋味那片照附千頃没好風吹動爲年枝

且駿々上達、驛騮一騁、一日而千里無難也、弟自分駑駘（劣馬）之足、不能步後塵耳、承惠腆（腆厚也）儀、不勝雀躍、蔦裁爲暑服。與氣翩々之硯、供我研磨、紙、供我揮洒、使石丈（硯）人。猪先生（紙）與弟偕意良渥矣。茲報以汗衫一領、爲足下衣被我者厚、玉簪一枝、爲足下琢磨我者至席香二套、爲足下薰染我者深、素紈二握、爲足下鼓動我者勤也、物雖菲々、而意則懇々、仰惟足下其一哂存焉、不悉、

人情靡不有初鮮克有終此評之是

同事筆硯以文會友而淂於資以友輔仁別而多寄一書各有厚望各有餽遺此亦人中之管鮑也

鄭范情好

鄭之儒、與范子瞻、俱吳人、契為兄弟、情極綢繆、鄭乃邀范讀書、有書往來、亦佳友者也、

○鄭生與范書

萍水相逢、契為兄弟、聯異姓而胞乳之。緣乎緣乎。別

好飄逸之語淡入毛骨

一則盡蠹澤文益一則免離別之苦此真佳友

来魚鴈杳然，春樹暮雲，不勝注想。費長房縮不就，相思地。女媧氏補不完，離恨天。大可惋惜。明年春硯凍開融，欲歷兄從玉林寺（寺名）中共事筆墨，春風剔蠹，夜雨（蠹蛀書魚）聞雞，說劍而星斗寒，賦詩而鬼神泣，此君子以文會友意也。亦吾儕相須之殷者，不至相遇之疎也。不識以為何如

○范生復鄭書

以萍水之遇，結生死之交，氣味相符，形骸匪隔（古人交者集）難壇

別離情緒有風前花散亂雨後竹淒涼情況

借寺中景界以形吾儒地步儘好雅总

盟（九葉[illegible]井雖白犬立盟誓）何如其款款。桃園義何如其懇懇哉。桑別來不復記手，緬想丰神，無限悒悒。丁香空結根。萱草不忘憂。可勝悵悵。承訂明春共讀玉林寺中，足認至愛。弟濟與共坐青氈，同磨紫石（硯也），破昏昏之愚頑，玄玄之教。借梵境便超聖境。由禪關直透賢關。弟所深願也。弟且以暮鼓晨鐘，常伴唔咿（書声）于一處。江雲渭樹。不嗟離別于一方。又何幸哉。一如諭言，更無他適，併回作書。往神馳，歌滾

國厥雪天動山陰興王獻以後又見黄鄭矣

雖異姓而識骨肉疏焉而款者也以肆學業而共筆硯情焉而義者也此以友非面友也忘友非既友也鄭乎浣乎友道綿矣

黄鄭情好

黄泰卿鄭百拙生俱芝鏡人二人為友情義浹洽後别之久矣偶因雪景動山陰之興乃有書相問訊焉誠亦心交者云

○鄭生與黄書

寫雪景故事殆盡其詞且清而洒洒令人讀之暢然

別足下于落梧衰柳時。今且六花飛矣。緬想足下、王（王恭○披鶴氅行○雪中○）（○鄭綮○曰吾○詩思○在風○雪中○驢子○背上○陶穀）恭之鶴氅溫乎、鄭綮之驢子壯乎、党將軍之羊羔酒（取雪○水烹○茶謂○姬曰○党家○有此○樂否○姬曰○但于○銷金帳○中飲○羊羔美酒）美乎、弟不知山陰夜棹、子猷之高興何如耳。羽便奉訊、筆凍莫作長語相思。一夜梅花幾影到窗前疑是君。（○盧仝○之句○）此則弟之念足下者也。足下諒之乎否、書往神馳、不勝悒怏、不宣、

起四語甚新脫不落塵套

○黄生後鄭書

梧葉飄黃。蓉花吐赤。送君南浦。傷如之何。別後時序

善雪以復書，大有思致，大有丰韻，妙甚。

用古詩之語恰當。

漸更玉霙零亂（雪花），足下更作何狀？踏雪尋梅，有孟浩然高興；手取雪烹茶，有陶學士雅趣；對雪賦詩，有蘇（東坡）子瞻（雪堂之事）。好懷乎弟則無此佳致，撫景懷人，雙鬢蕭蕭，便與雪花俱白。倘足下有山陰之興（子猷雪夜訪戴逵），爲弟且掃雪徑以迎。竹爐湯沸火初紅，寒夜客來茶當酒也。敬復。

彼以雪時遠書，此以雪時復書，撫景措詞，各有一種風味。慕惜此不泛山陰之棹，尚不如王子猷棹戴安道也。

相逢難哀袞告別莫忽々

敘別之語吁月子規喉舌吟蛩嬌之語術花蝴蝶夢魂香

鄭劉情好

鄭素周、信州人、與同里劉敦則為友、情意綢繆、共事筆硯、劉為畢姻故告歸矣、鄭作書勉之、以有後書、亦友道之篤者也、

○鄭生與劉書

知足下歸心急、于下峽○犇流○、念足下憂心峯于三峯（峯書○峽西○）華○嶽○、傷哉別也、邈其錮矣、足下歸、方將燕爾新人、脂香粉膩美矣、、弟書齋之松君（峯）楮君（松）○素相友愛○切

佳趣湧出，如陸地生蓮花，別是一段風味。

措辭處如小谷奇花，□□可愛。

令其伶落者若活活畫春。山不出潤，寶多覓女能也。吾今先現其兒女相，為君議婚，足下以為何如。諧為之日，另有賀儀，更為足下倩賀新郎（曲牌）及虞美人（曲牌）之詞以獻。

○劉生復鄭書

芸館聯心，河梁分手，伯勞飛燕（伯勞飛燕各西東），傷如之何。弟承父命歸畢姻事，敢戀戀新人，不舍枕席哉。登山四日，離大（大禹娶塗山之女四日而別）禹，我何獨不然。一月之外，自當停鸞帳之歡，尋雉壇（見前）

聯曲牌入詞中大有可種佳趣

之好耳。君勿謂弟多兒女態也。賀儀勿勞頒賜，更毋庸攢賀新郎。虞美人佳篇，待金錢花發時，自當浴美酒集賢賓，唱桃源憶故人一詞，倘徉于錦堂月也。謹此以覆

亦嘗判袂先戒恋婚之情，勝於畢姻便有讀書之想。二生素相持以正，相洽以情，古人謂金石之交，金蘭之契，此足云

陳來情好

宛轉如蒼藤繞樹活潑如游魚戲水清新如嫩蕊漲池大有風味大有思緻妙甚

陳應瑞江州人與同郡朱錫珍爲友朱有疾癸大彼此情好因寓譴之之意云

○陳生與朱書

別君時折柳江頭見柳花亂飛柰之何蓮花復開哉思君不見〻蓮花輙有六郎似蓮花之想耳聞足下有膜外之疾舉父母體而糜爛之君以故殊不知養心者莫善寡慾是寡慾之道保命刀圭也（刀圭西切之藥）足下舍此（惡篇○拳粥○龔光○不留○阿奴○火攻○下策○也）不爲火攻固下策耶雖然火之矣弟有養火良方傳

俗而不俗不奇而奇說之令人灑灑

月色溶溶桃花陰處最春此二語可為對一絕

之海上今以與足下無慾一錢忍耐三分主靜五分思無邪不拘多少半錢半飽忌焦妙戒煩惱服之百日（三三者乃粉壯也）神王矣

○朱生復陳書

別君處在梅花柳絲間思君處在榴花柳絮間時光易邁離恨難窮比聽下一枕涼颸（風也）徒有夢魂飛越矣弟有疾而灸足下不見憫而反見嗔（嗔笑也）面友耳非心友也（宋太宗灸太祖太祖亦以艾分痛）若云心友且灼艾分疼哉承惠養火之蒼彝而愛之

呼虛蕊蕊，落落瀟瀟，訴訴令人心醉而神怡矣

有此友誼，莫負春光，宜其行樂也者

弟於足下，請得以扁鵲之華佗之。不然，足下亦自折肱中来耶一咲。

（良醫　良醫　○左傳○三折肱知為○良醫○言經○歷者有廣之意）

一謔其有疾而遂灸火，一謔其灸火而不尺悔，一謔其遺之眷火艾方，一謔其所經歷。真哉謔數交道可謂篤已。

孫吾情好

孫正華貴州人，與同里吾仁純為友，極相綢繆。當春光明媚，邀其行樂。彼此遂之以書，蓋見其情之

陽春召我以烟景大塊假我以文章即景發人邀人玩景無窮風味無限情思妙甚

洽心之與云、

○孫生與吳書

數日不面足下、足下作何狀、抑只作蠹魚（蠹魚蛀書虫）、不離文字間耶。春酒醲（音跡）、春鳥出谷、明日携一樽花陰下特邀足下笑歌酬歡、徜徉于柳綠花鶯間、醉則敘平康里（妓所聚處）中歸、平康里多麗人（美人）。不减于黃四娘（古名妓）家花滿蹊也。請足下作探花使何如。人生行樂耳。日月疾如飛。足下其知之乎不。

有雅思有逸興有妙趣映階碧草自春色隔葉黃鸝空好音

蘇學士恐兩生三語甚洒脫

○吳生復孫書

別足下十餘日矣無日而不耿耿滿眼韶華足下拉不佞遊佳興哉佳興哉不佞當藉芳草爲裀褥借啼鳥作絃管以鳴蛙當鼓吹醉（去聲）君之醒（兩君）酥耳青樓佳妓雖多紅紅閙閙者流匪我思存也况不佞病軀潺倒不着看花眼那得惜花心惟足下自當調脂弄粉作風流蘇學士（東坡）哉莫怪不佞者膠柱鼓瑟效魯（漢祖命叔孫通制礼召魯國諸生內有兩生不肯行）之兩生謹此以復

評云最爲匪說〻〻

書蹟若意長讀之有餘味

二生有竹乐之以乐必與僧志同心之友
也哉乎康〻竹更不累又乐而不淫者無

鄭熊情好

鄭維貞、豫章人、與熊仁所友、共讀書福林寺、極相
契洽、熊生歸鄭思之不置、有書招其來、熊復書云
云、亦最知之契也、

○鄭生與熊書

日前唱陽關、一出溪亭便路岐、商地林巒[illegible]

何等宛轉
何等悽切
燭灰眼下
蠶無淚垂
若心中總
是緣

彼時分手，會問來期，兄曰：天上有雙星〻聚，人亦聚。
今七夕又過七日矣，明日中元，月光正圓，月圓而人
不圓，何耶？倘來可與就道，慰我望懷，不然，豈不爾思？
（○昔有○姿然○手袂○石黃○不至○心火○大義○燒其○廟）
竊恐祆廟之火，又在福林矣。一祝

○燕生、復鄭書

季夏一別，聽樹上蟬聲嗚〻咽〻，正爲我兩人訴愁
思也。七夕不果來，正爲家事所羈，天上佳期，人間離
別，誰爲情哉。日後一日，恰至中元，若豈不知兄之念

口痕一句攝人心髓說之毛骨竦然

有情之契
有情之評

弟弟亦念念于兄，兄恐冷落偎膝處矣。伻来復書，訂来期，五日為期，勿使兄六日不啓。来時細語離情，兄如怪弟行遲，肩頭上擀有兄口痕耳。敬復

知己之契可為兄如隔三秋果然二人揖別一有書可其來期一有書訂其來期冬有情同書條也骨艷也何讓古人

嗟何情好

陸京甫皖城人與同郡向一清為厥桂相眷戀剝

訴出一段
别離情如
寫帝上苑
春光老鳳
咲層空雲
影深

長腰粇米
縮頸鯿魚
好對代語

淩約其來訪叫亦雖[illegible]

○陸生與何書

會足下于大樹下（灯口大樹指元夕也），別足下于梅雨時，今則金飈戰葉矣。倏爾聚首，倏爾睽違，思若有憂，常繞通于雲山烟水間也。不佞近來學撫冰絃，得越人教數調，除長清（琴中）短清（有長清短清之曲）外，更有樵源憶故人一詞，每對風清月白，持鼓之，懷足下耳。小齋初建，隔絕塵囂，儘可與故人游適。足下肯顧我乎。此時有長腰粇米、縮頸鯿魚可飽君

清絶無烟火味讀之洒然

叙一篇清秋佳景入讀令萬種之思無限悵懷無限牽惹

一飡更沽村釀一樽向梧桐樹底月影扶疎促膝譚心逌飲到雞三號漏五點一洗別離時愁緒足下以爲何如

○何生與陸書

別來又屬秋仲雁陣號風砧敲搗月渾是惱人情况恓惶人恓惶景不覺恓惶淚矣足下撫水絃（琴也）憶弟誠然乎弟不能琴猶能笛也亦嘗吹關山之曲以悲離別恨不令足下一聽承約過譜中歎前未遑（遑暇也）也待望

一月而話光、光之何用之最有味

評之上是不爲虛語

後一日、特詣齋頭、借綠蟻一樽、坐梧桐樹下、促膝論心、足下好分。付姮娥番十五。夜清光。照人一宵清話。

好酒

謹復

別久而極形招之過訪以尊酒敘知己情之殷意之洽義之篤志云

張夏倩好

張元雋與夏孔順、俱吳中人而人結為兄弟、極相契洽時有陳幸爾者、又欲與為生契、張醋之、乃遣

靡不有初
鮮克有終
誠然誠然

一種好花
被別人折
去那得而
不懊惱

書達其意且作書復之遂申前好云

○張生與晏書

弟與兄本異姓也一邂逅（相遇）而結為兄弟心腹之骨肉之生死之難壇（古人定交築壇殺牲為盟）歃血上叩皇天下呼后土（地）此盟此誓金鏃（箭鐵）可朽而心不可壞也乃若風吹別調月入鄰家兄有易交之心原乎幸而薄于不佞嗟嗟兄何以翻手雲而覆手雨耶灩（澦）頭堆在兄之胸中耶九折（險路）坂在兄之胸中耶昔孟郊云古人形似獸（如牛身蛇首皆凡）皆有大聖

痛切有情不勝觖望肖石上磨玉簪玉簪欲成中央折井底引銀瓶〻〻欲上絲繩絶風味

德。今人表似人。獸心安可測。雖笑未必和。雖哭未必戚。面結口頭交。肚裡生荊棘。此莫非為兄言耶、昔者固膠漆、今日相矛盾、孔順〻、如雞壇之盟何上欺皇天下欺后土、孔順〻〻、心術壞矣雖然、琉璃易脆。彩雲易散。事所必然也。弟與兄恩絶矣。情斷矣。請勿復敢見矣。書往神馳。不勝淚下。謹白

○夏生復張書

天假以緣、弟得與兄春風握手、夜雨連床、為丹雞白

如此之語決非皎皎者易汙澆澆者易缺

看此處任是鐵心石腸人亦那得不軟

犬之盟、叩天叩地、以為證佐、嗟乎、海可枯、石何爛、此心那可背哉。弟自是向日葵花、不放隨風柳絮、兄乃不諒、遽然謂弟有他腸、弟如皇天、何如后土、何弟恨無秦宮之鏡（秦宮有照心鏡宮人各有邪心心乃偏刃）、一照此心之耿耿耳。兄謂請復勿敢見者、斯言誠過也、兄不見弟、弟自見兄、相見時、任兄拳。之矣掌之矣刃之矣、弟不敢、恨弟自謂弟之心肝、太山石（言堅）瑤池冰也（言潔）。兄如不信（去聲）、請引刃剖胸、與兄一視之、兄當釋然、雖然、此必有間之者、雋哥雋哥、無信人之

惡入妙境

評之者情
論之最當

言人實誑汝顧兄讀裘参之詩念弟懷秉鶴之想則

不見○如三○月矣○

弟光且瞋目矣謹復

二書俱痛切有情張天師怪之去錯托
杭、州退伏、州發孔順設之去乃將我從提俎
隨乃除七千評叢此一請說云羊肉當
喫甚得一手膝可惜々

蘇魏情好

蘇仁夫、與魏伯孝、俱豫章人相與友情極眷戀、魏館于閩，蘇在外讀書，以書相往來，且各寓譏之之意，亦所稱知己之友者也。

○蘇生與魏書

昨登濼陽城，見蒹葭蒼蒼，白露為霜。（秋景保人出詩時）遙動我有美人（未嫁）兮，宛在水中坻之想。（坻，水中高地）第別兄後，頓沾痁疾，（瘧疾也）伏枕始骼，今既數月矣，猶未甚愈。造化小兒乃苦人如此也。（宋之問病謂造化小兒苦人，蓋譏而言之天也）新（十五日不耐和樂）髮阿嬌好否？足下不半月遽爾遠遊，豈傷弓之鳥，驚曲木而飛者乎？不然，必他鄉有心知也。尊嫂獨居，寧無

敘別點景，如風中楊柳，嬝嬝依依，可愛。

譏誚有情，善戲謔兮，不為虐兮。

灑灑脫脫羽儻弄手中之先不過乃爾

敘別之情宛曲有味

悲秋感、弟欲為尊嫂賦深閨怨薄倖詞、纔一伸紙不勝其憔悴容病愈時賦來、他日足下、持此歸見尊嫂、尊嫂覽之得毋曰蘇生賢乎哉惜乎于蠢奴不聽良言也、足下又得毋謂蘇生病身何不病乎

○魏生復蘇書

別足下、從溪頭見柳色依依、兄嘗謂弟曰、恨隨溪水溢情共柳絲長、記此時正春之暮也、今不覺秋暮矣接華翰、知兄臥病、病至月猶未起、兄亦善病者哉、此

戯之語之出乎爾者反乎爾者也有情況有幸報

形容至此地位宛然閨門中麗寫景畫妙甚妙甚

何以故弟知其客惚孫另有得意人係應之耳弟續娶後不半月而行豈輕離别哉不得已也兄乃欲賦深閨怨薄倖詞何不付來一觀兄今外讀交有心知越數月不一歸尊嫂得無岑寂乎弟亦欲為尊嫂賦阮郎歸又為兄賦虞美人之詞倘尊嫂見之必謂足下曰蠢奴我只道爾病身原來病心也薄倖相如何不如顏回短命死哉兄無可柰何必罵曰魏生夭殺的弄死人也呵

一謔一謔評之恰好

繾綣曾攜酒慇懃獻贈衣情良厚哉

此一調彼一謔此郎與賊深害怨薄倖詞彼郎賊虞美人說郎洵起鄉尋遠誤殺枝郎幸息

董沈情好

董仲和新安人與孫尉沈與發爲友情極款曲董欲市羅、製衣以贈沈、先達書以問其長短、沈復書云云

○董生與沈書

綈袍戀戀有故人之情可于此想見

同袍解衣之語用之恰當

別足下于藕花池上今秋風颯颯然在梧桐樹間憶念玉人衣得無薄手蓄欲市以色綃一端為裁一服表鄙人繾繾之愛亦以見綈袍戀戀之情也但不知長短何如乞亦以尺寸為禱

○沈生復董書

別君數月木落淮南天際頭倍起悲秋之感承翰示欲為弟市綃裁衣與子同袍（詩經之語）愛何遲者解衣衣我（漢書之語）惠飽大焉弟無任感感但區區問以尺寸見忘之節今

末二句鑽心刺骨之語讀之令人酸酸

水陸並進揚生成風流哉

有鄙夘乜詳之、何妬、〇亦綃隨丸買、何須問短長、吾身曾抱過、尺寸自思量

友贈之以衣遺於西使人不告短非愛寄衣復以詩令度思長短二字之意殷殷

周揚情好

吾中周瘑純、與揚孔照為友、揚生溺于狹畫之愛、又溺于側室之愛、周作書譏之、揚亦有復書、雖狎

此一紙書欽款鐵馬叮噹響處質銀波重疊生讀之令人心快

友也其實心友者云、

〇周生與楊書

一夫一婦人道大倫乃足下偉于結髮愛日卿龍陽（楚玉號）君、夜則杜（金陵妓）秋娘、既聯之在前又忽爲在後惜乎尊夫人不醋之、使其醋、必鳴之公庭、執法者且依律問曰、汝貌于龍陽君、將男作女也杖九十、汝寵于杜秋娘、以妾爲妻也杖九十、此風流公案必不汝逭也、且解汝鳳門閑外戴一頂綠帽子（帽兩〇元罪）何如

金縷等句之羨詩矣出以塞故人之責耳

答鄙而俚細翫之實有佳趣存

〇楊生復周書

承翰示、知君規誡我也、第唐人有云、勸君莫惜金縷衣。勸君須惜少年時。花開堪折直須折。莫待無花空折枝。此教人行樂也、吾所以行樂者、不負其青春也、況杜秋娘難忘其前情、龍陽君深感其厚意、以此可與知趣人見道、難與固執之士言也、尊語云云、既曰杖九十、復曰杖九十、二九一百八、第其無完膚乎、悲有此古怪律法、無此古怪官長、蓋官長內鋤室外門子。

戲謔亦好背滑稽之唇吻也

評之極是既曰直諒友何不正責之乎

人人而有也。善酒者不斷人以酒。惜花者豈禁人以花。必欲弟之戴鐵帽。須足下戴紗帽。若足下戴紗帽。則鐵樹開花乎一嘯

失能何居鬟童西杜秋娘集嬉也二者兼

得聊生洵可恥實夢落得手縉緣之周生

惟諒之不直奕之深乎真諒之友有幾

閒何情好

秋浦閒居所與何延濟友善嘗有書相招來僉有

廿八

順利洒脫如輕車行熟道滿毛端順風渾不着力

謔處大有佳趣

情妓削髮爲尼、陶亦有書謔之、益見其厚者也、

○陶生與何書

六花（雪）飛絮早梅吐白矣、僕見梅花輒憶何郎、柰路無騶使、未嘗寄隴頭一枝、此心爲歉、足下所善楚雲（妓名）、僕聞之、慫楚雲風致、不減蘇小小（古名妓）、爲鴇母所逼、剃髮而尼、此女子沉滯苦海、回頭是岸也、第不知柳絮沾泥（心上不知其死心何如）未、足下戀戀章臺、莫須欲作沙彌（僧曰沙彌）耶、殘雪未消、竟之山陰之興、賦月盡尚過君家、慰足下憶楚雲之悲、更

此亦有情彼亦有情有情人說起有情人兩下悲思一段悒怏者

飲君辭年之酒

○何生與陶書

別足下、又冬之仲矣、滕六（雪神名）撒花似滚出胸中離思病軀潦倒、柰乏山陰之興（王子猷雪夜訪戴）、何楚雲妓雖弟之得意人、兄於楚雲豈所云不得意者也、今削髮為尼、兄笑弟欲作沙彌、戒則不然、竊恐兄肯作行者耳、雪滿園林、早梅吐白、此時春酒且熟、兄來、好為作白梅主人、飲青州從事（好酒）、更以楚雲作話欄、兄敢曰愁人莫對愁人說

訂之以正
許之以慕
當如是也

夫曰三月
天道小變
既曰知己
焉得不思

心中事。意中人。眼中淚。奈何。

陶何之生既曰厚交一楚是也陶則好之何以好之所謂朋友意不可闕者安在寧得謂心安乎

吳陳情好

閩中陳純所與吳會仁契為兄弟同館讀書、陳往岳家三月未返、吳不勝戀慕、因作書招其回陳覆書云然真知己之友、一日不見、如三秋兮考也、

不徐不疾不詳不簡不激不阿流利敷芳如一鳩檻外鳴春雨孤鴈樓頭泣暮雲

○吳生與陳書

自君之告別送君溪頭見春草碧色春水綠波不勝悵悵第曾問君來期君曰哉生明（朔後三日）柰之何月之三弦而君猶不見哉君以留岳家豈岳之家有朱漆粘君耶有絲繩繫君耶不然若不是有情人戀君必是君戀有情人胡不思玉人去後書齋岑寂我之夢魂常為君顛倒耶我不忍一月離君君乃肯三月離我我則置君意中君且置我膜外是安所彌金蘭友膠

此處甚親切有味

究究轉轉，訴出不歸情事，蝶見飛繞繞，燕子語喃喃，可為此衚

契哉。書至，乞早還車。不然，君為他人死，我則為君死。離恨天女媧氏必不能補完之矣。君其情諒之，幸為

○陳生復吳書

溪頭判袂，弟曾謂至館之期，哉生明也。今幾越而生明，而兄不面弟，宜乎兄之咎弟矣。但岳家有投轄之（陳遵留客投轄井中）番，諸戚有傳杯之款，日復一日，欲歸而不得歸。弟敢戀他人哉？又肯為他人戀哉？弟與兄聯為膠漆，一而二，二而一者。弟之肉止肯貼兄之肉，兄之心乃能投

有思緻有韋韻一字一語渾是動人佳趣

評之不謬說之不厭

弟之心。若他人則方鑿而圓枘之矣。兄實疑爲。三日後、必歸兄欲握手、手五日爲期耳。更勿使六日不篤。書往神馳、今宵有夢難成。落月滿屋梁。猶疑照顏色。杜句而已。歛復。

以閱心之人面有之月之別空不深思

室是惠眾之書名敘歎如如然如意

如泣如訴舞幽壑之潛蛟泣孤舟之

嫠婦兄弟難長不昕云

情切有味秋風清入湘靈夢夜月寒生异玉齋

孫馮情好

閩中孫全初、与馮玉融為友、情投膠漆、馮有青樓之興、孫作書識之、馮有復書、此真知心之友云、

〇孫生與馮書

前日訪足下、柰不面、渴心歸去生塵埃、（古詩）奚啻萬斛哉、歸家、特夜闌不寐、見梁月娟娟、宛然照足下顏色耳、聞足下有情與、固妙也、弟以為足下握隋侯珠、（喻其遂莽〇）手願以紅綃十襲之、勿輕擲于、桃葉柳枝間、（桃葉乃柳枝〇俱妓〇名）以遂人之攀

瀟亮清雅，所謂水蔽到池，尽山色入樓矣。

叙別離情况，字〻有味，不幾啼處，却是惱人。

釗。況楚娃宋艷（娃艷皆美色），伐性斧斤。願兄下服工士，異床中士（彭祖之），異被。不至于內作色荒耳。晚稻登場，弟釀有薄醪數斗，兄肯顧我，且當剖金柑，切玉藕，夜分坐半日山房（書齋之名），促膝譚心，共吸杯中明月。

○馮生復孫書

別來憶兄丰顏（五歲），五中鬱結。前自篤臨，乃不等弟一見，使東籬金菊笑人寂寞，弟鬱結中更加鬱結。黃花我瘦，我瘦似黃花也。弟近不撿，躭青樓薄倖名

水天一色人月俱圓渾不是烟火氣

二生情意相孚乞如所衡

此有情何足下賜之教言謹當以智慧劍割斷此愛慾緣耳承翰示云云弟九月之望敬謁山房相對庵酒細話生平喜此時此夜水與天一色人與月俱圓何如、、謹復

馮生有情畢竟孫生觀之孫生有誰竟馮

生殘之意馬上云云接所謂草木皆兵

奠嚇殺

朱謝情好

此書不盡情思，來行先有約，既去復傳書，令人讀之而了。

豫章朱亂秀、与謝伯敷為友甚、相愛也、謝有父尹川、因往父任所省之、孫作書以祝其歸期、謝有謹書云

○朱生與謝書

七夕與足下別矣、昔與周郎別、亦是此夕、周郎曰、天上會合人間別離、此兩語感愴千古、不意今日復別足下也、足下此行、直抵川中、弁弟顧謗瞿塘如安流、（亦名）登劍閣如坦途、蛾眉巫峽（俱川中勝景）綿竹之勝、一覽而遍、且也

蜀中之景如王維之圖畫宛在目中懷人意感焉能為情

垂轉有情如九曲水爵結不紓如三峯雲此処可見

訪相如之琴臺尋杜甫之草堂或作賦或咏詩儘可以紓旅况耳至如問足下之歸期乎岷山上自有子規啼毋庸弟口舌但弟當傷足下之別自今日始望足下之歸自明年元旦始萬里關山勉旃自玉

野鳥催歸

○謝生復朱書

昨日是七夕也天上佳期人間長別牛女且嘆人寂寞哉弟入川見親雖則一喜別友又是一悲吾想至山嶺上雲將為我結胸中愁思瞿塘峽中水將為洒

水看

秋月爲輝春花吐艷俱是可人恨不長絕繫白日此亦可一評

眼裡啼珠耳、秋氣淒哉兄無以弟之離别戚ゝ懸ゝ作悲秋態、弟明春早歸、討辭親處只在玉梅謝白之時。會兄處不出錦袍錦紅之日兄諒之ゝ

翔生於湖堤之行戀之不輕爲謝也念翔生之眷奉之有過恩報不忘如邈難衷之告别卷兮之二生有幸也

吳薛情好則

豫章吳區人与薛景樹爲礦廊表平生樊妹至甚

叙別之語若水浇梔花溶ニ漾漾可觀

杭州之景宛在目中

薛覔舘杭州二生以書告別云

○吴生與薛書

兄與弟聚義三年岐形骸不岐心神乃一旦遠遊于杭意欲其道之東乎弟于兹之别語其地千里餘計其時一年餘地分兩省遠人抱隔年愁思之思之弟無可柰何兄將無同耶雖然我則寂寞不寂寞兄也杭有佳山水如天竺之晴嵐西湖之翠色湧金門外之潮音六和塔上之風景種ニ奇絶可豁詩懷兄那

天兩藉衛沙用之情好

程利便捷旋旗日暖龍蛇動宮蛟風笑衣不燕崔高可為此淡

謑寂寞但須念吳生異姓骨肉千里關山勞夢魂時可一春魚爲無識魚斷不可也弟若無立錐之諒爲不悉

○薛生復吳書

三載論文平生知己弟今遠遊于皖盡悉別足下詰聚首處冷落吾丈人冷落松處士又冷落松處士吾文人之主人矣柰之何柰之何弟蜷杌々雖稚妾佳景足可徜徉不有知己與偕徒有悵々者固知天竺

騷絡三楚
佳景多多
雅趣

二者之書簡而情 所謂萬綠叢中紅
一點動人春意不須多者
陳王情好
王聯予羊城入與陳一我為反虞注生之遊王不忍
別作書以叙纏綿云
彤漆心知一息未忍別離足下有楚遊志予弟計是
下着望匡廬渡彭蠡訪湘君吊屈靈覽衡岳巖光收（賈誼）（屈原）
赤壁風月足壯詩懷也但弟不忍別君諺語云悶似

引煙波句收煞雅有思韵

湘江水淌〻不斷流。有味哉為弟之賦也。

〇王生謾陳書

喜相逢、怕離別、人情大都然也。顧人生豈麋鹿、而常聚首乎、弟入楚、兄在吳、思君不見、煙波江上使人愁耳。矣可、

秦樓月色嬌〻章
臺楊柳裊〻

執手但言君去後竹
窗虛影為誰清

手韻情書卷三

竹溪主人　彙編

豫章　南陽居士　評閱

吳生千里隔，魚雁一書傳，洵乎其情之厚者

青樓手韻

吳景情好

豫章吳浚淡遊金陵，與教坊名妓景皎娥者狎，吳浚之楚，寄景以書，且有所贈，景有浚書云云，亦情交之厚者也。

○吳生寄皎娥書

金陵城下月巫山嶺上雲對代雅甚

意味深長措詞亦多雅致

相逢在芙蓉花發時，芙蓉花謝處爾曲唱陽關，為伯（古詞伯勞飛燕各西東）勞飛燕。飲為情栽。萬種幽思，数番好夢，常繞遍金陵城下月，貫巫山嶺上雲。再別後，幸卿〻無恙。識闌檻內金錢花含笑未，門外金線柳學眠未，架上金衣娘（白鸚鵡）誦經來，儂愛卿故悶及卿〻所愛者云〻。清秋伊邇，儂將返棹吳江，重尋舊好，更不必卿〻寄隴頭梅枝也。紬汗衫一領，見儂之綢繆意；金紐扣一對，見儂之結同心。愛物雖輕菲，情則殷〻。若幸卿〻一哭而存

妾之淚數語令兒若毛骨悚悚

深于意味多于本韻雅于詞調妙甚

則至顧矣不宣

○皎娥復吳生書

聚首未一月，遽賦別離，送君江頭，妾之淚千行萬行，滴滴江中，水半是淚珠兒滾下。君之楚湘江兩岸花木，深得無雲鬢花容倚好于杜帝娘，若晉戀于君耶？第妾之情，所謂君才十倍曹丕，若君幸諒之。承惠汗衫并細扣，妾已貼之皮肉，繫之心頭矣。謝謝。茲報以斑竹扇一握，此斑痕也。昔日娥皇為舜帝哀，今妾之

引古亦有
情致

評之亦是
非浮語也

寄寄處亦皎娥為吾郎泣耳桂花開處擬續舊盟不
然郎在湘江頭妾在湘江尾相思不相見共飲湘江
水妾不能不歌咏此詩而日悃悃也書緒神馳不勝
於邑（歎辭）不宣

二書之妙一妙於叮嚀叮嚀所云一妙於言他人
之情而反己之情更寄物各表之意焉責
樓中韻友矣
阮杜情好

字字有情，流出肺腑。數宵中好夢數句，猶新巧可愛。

江陵劉毓禎與一妓杜翩翩者，甚相情好，後戲謔之間，乃成嫌隙，毓禎不往。翩翩作書招之，毓禎亦有書答。後其情之繾綣，不終于離別云。

○翩翩與阮生書

阮郎足下　日前獲罪我郎，艴然而去，一去而不復來。我把朱簾高捲，不見尋采蘼蕪。數宵中好夢難成。應是薄情人推倒巫山也。一藏代而我郎尚以此當畫梁之語燕，晋人芳谷之鶯，嚴喚友，隔墻花影疑是

此詞似鄙俚而意則無窮有趣有趣

君来顛倒、

○阮生復翩翩書

杜美人粧次下　黄四娘家花滿蹊○生不着○看花眼○

矣○請從此辭、今以序詞奉上、幸美人情諒之○今後

（内）別佳期、牢把心猿鎖、你自休休我自休祆廟無炎火（祆胡神祆廟火已見生情）

我斷不思量○你莫思量我○將你從此與我心○你與別○

入○呵○謹復、

○又翩翩與阮生書

砌下寒蛩、啾啾卿卿、無非悲愁之聲

推倒盟山四句最真人肝膽

來翰云云、妾覽之、眼中珠淚、皆點點成血矣、雖然、我以赤心待君、奈君黑心何、我以青眼盼君、奈君之白眼何、薄倖人、將短命死矣、自君去後、我冤靈兒已在君處、君可見還、不然、我當入枉死城中、待君于寃家路上、吐露衷腸、書不勝悵悵

○阮生復翩翩書

我本欲推倒盟山、破除業障、决翻慾海、流竭情瀾、奈卿欲待我于寃家路上、生所畏、若死耳、與其結死後

不作狂奴欲誕作妖奴故態却好否

手得有趣

寃家莫若完生前恩愛我將面卿矣致意我卿再勿作狂奴故態徼倖

情根難斷非智慧劍不能劃也劃括之餘而攢簇兩兩絕縹緲身縹緲絕兩兩身搖而復聚縹緲悉兩兩取兩兩忘縹緲複取其所證情根難斷者要倭倭

孫蔣情好

信州孫鳳翔客于杭有妓蔣紅紅者名娃也鳳翔

敘事處對偶有手韻詐點有情想像更切

因與交好，後二人分別，鳳翔達之以書，紅〻答之以書，各有物寓意，真情之最稔摩若云

〇孫朱寄紅紅書

天假以緣，得從卿偎紅倚翠，巫峽之雨雲入夢，秦樓之風月貽情，誠可樂只。詎意伯勞飛燕，天各一方，望綠雲兮𩐈〻（奇觸雲條續線），想雲髻之綽約，見新月兮娟〻，憶蛾眉之秀嫵，觀奇花兮灼〻，思花容之妖冶，一日十二時，何時而不默〻也哉。欲重尋舊約，為慰遠懷，柰道阻

簪鏡之贈尚寓意深遠更[illegible][illegible]可玩

綠肥紅瘦對粉悴脂憔妙

且畏卿問我佇期乎尚在鴈障南來斗柄西指之日（秋時）兹附碧玉簪一枝菱花鏡一面其簪也欲其常伴青絲髪相隨到白頭其鏡也欲其明月永團圓好覩姮娥面卿將不嫌其微褻一咲存焉

〇紅了候孫生書

君在吳妾在越千里萍水浮踪（暮春時景）雲雨之歡良緣哉自郎別後無限相思不堪綠肥紅瘦之時釀此粉悴脂憔之恨妾雖為情截珠覺燕語鶯啼頓為不增怨嘆

新意新詞，令觀者神怡心曠。

爲令香何郎粉對詩恰好。

耳。所訂行期，正在秋月，何不風駕看西湖荷花乎？爲

來人始來，妾以爲晚矣。承惠簪鏡，見玉簪想君之溫

潤，見寶鏡憶君之光潔，謝謝。妾報以排草香、甲煎粉（爲令○香至○人家○坐席○三日○猶有香）

各一事，君知妾意乎？妾蓋欲早偎爲令之香，勿冷落

何郎之粉不忝。（何晏○知傅○粉）

狂狂者匡窮寵鳳翔者匡子弟道邈八千里

慇勤書八行春情〻〻

陳述情好

揚州陳憲謨風流人物也與妓沈如鳳情相稔洽陳後跳槽又與妓景娥者狎如鳳恨之作書寓其意憲謨有復書嘲其喫醋云

○如鳳與陳生書

妾自與郎邂逅兩意綢繆郎雖妾之孫老實丈夫也妾雖郎之表子實妻室也今郎乃爽好景娥戀新人而棄舊人忘宿好而篤今好何心腸之反哉妾心井（此四句唐人詩）中水波瀾誓不起郎心多變更江上風波生此之謂

粗粗描寫出一章雅趣現之至此誰不拍掌

粘酸吃醋者欠抵不分游此事
起鬧亦洒心有情

也。但我郎是妾之意中人。非膜外人。今一旦丟妾而愛他人。妾恐令我郎呼他人為妹妹。而他人呼我郎為哥哥。也無端景娥奪人佳趣。則景娥乃妾之冤家。我見景娥必屛之。郎來妾當大撻一場。持妾指甲之斷。使我郎無完膚也。與言及此恨恨不可言。卿試諒之。

○陳生復如鳳書

蝶尋春色過鄰園。（唐詩句）蟬覓秋聲過別枝。物猶然也。況人

休甲脫去其休有趣有趣

此評脫々落々真好畏子

乎我之暫好景娥情也意也亦緣也卿苦欲沮撓之風流場而斷作冤業地笑人矣笑人矣尚欽意吃醋大王祗酸奶々我與景娥只跡々幾點梨花雨又何必瑟々一番梧葉風卿如不惜我肌膚必欲使遠之（撇字）否我必不憐卿肢體痛加才畔之丁（打字）卿試思之一祝或可跳槽者何如曰暫好爭如久好雖吃醋者何如多情郎被無情惱奪掭者何如曰姐便背包内兒畔

叙事處如處：當花外傳真生可人音調

謝陶情好

謝雲仙杭妓也與陶如圭情甚濃潛致書陶生意有所索如圭如其所索作書復之真心契若示青樓之雅談云

○雲仙與謝生書

郎君才調翩翩儀容楚楚人豪哉妾得倚玉于君倍增光采常常今將愛下疊有所求奉以口詞郎君勿嫌其瑣瑣今其一曰深院為傷春不覺花枝損郎君

事事寓意，字字寫情，悠長妙甚。

千樹一葉，四句妙不容喻，至矣盡矣，無復加矣。

欲我好姿容，從郎索脂粉。其二曰：楚女肌偏艷，秦娥體自香，郎君欲我好氣味，從君索香囊。其三曰：天氣忽炎歊（音囂），羅衫透香汗，郎君欲我心地凉，從郎索紈扇。其四曰：幾為憶才郎，羅衣褶寬褪，郎君欲我好腰肢，從郎索羅帶。其五曰：欲挽堆鴉髻，雲鬟亂莫禁（音上聲），郎君欲我好粧飾，從郎索玉簪。此數事，一一求給于郎，一一能分千樹一葉之影（瀛州有影木，一葉千影），即是濃陰，蔽四海涓滴之波，悉為渥澤，幸惠然為禱。

敘事不華，不俚，儘好態度。

數物皆寓意，恰好極，與心極艷目，若妙：：

○陶生復雲仙書

良緣匪偶，佳愛惟深。夢繞巫山嶺上雲。○情馳楚館樓中月。○真一刻千金哉。○承所示，儂非敢矜，曰有不能推曰無。○茲用青趺，為卿致之，聊以慰求則得之之意耳。仍有鄙詞，伏惟情照。其一曰：贈卿脂與粉，○恰好為儀容。○願卿須愛惜，○勿使鏡奩空。○其二曰：贈卿紫香囊，○氣味薰龍腦。○願卿香卿娘，○勿混魚腥草。○其三曰：贈卿齊紈素，○展動喜團圓。○緩使秋風起，○願卿莫棄捐。○其四曰：

雅思叠見，如登九層臺，愈出而愈奇者。

贈卿香羅帶，其長則一尋。願卿莫浪棄，畱將結同心。其五曰：贈卿碧玉簪，常伴青絲髮。願卿好珍重，莫使中央折。此數事物雖芰芰，而情則戀戀，獨以無情之物，得見憐于美人，物之幸，亦儂之幸也。幸咲而畱之。

風月機關云：雅見索物，多則許之，少則與以。有求必多，不多故也。猶不索珠，索珊瑚，索瑪瑙，能無難色乎？余謂此些嬌態，於標致者。

一字〻承，脯浪多妙，妙不可言

只藏語數字，語〻入

吳家情好

金陵妓家小娥者，乃名姝也，與吳端所交好，端所餽之瓜，各有書相調謔，才子佳人，兩可傳頌云

○端所贈小娥瓜

天暑甚，餽瓜一枚，奉卿〻食之，玉瓤紅艷，好甘露舌。頭漿妙甚〻，但此瓜有仁千萬，試問卿〻名個仁好，請示之。（以仁字抵人字）

○小娥復吳生書

蒙汁〻謎心楚人云好得熬好得熬

承惠瓜剖而食之甜如蜜不啻吸我郎口中津唾也今報以瓜之仁此仁在妾之舌尖上過者特愛之我郎亦想其甜意否

餽一瓜食一瓜面傳情遞意若此要家所以有丰韻第不知鵓子舐瓜皮有何說話

劉鄭情好

杭妓劉采采與才郎鄭爲奎交密鄭以藕餽采采采采受之各有書以寓其意詢有情今者云

一句〻經思過來，極要人心腸。

心思甚深，手韻甚妙，何物女子，恁的聰明。

○如圭餽藕於采采

蓮根出自汙泥，不爲汙泥所染，妙物也。其孔之透徹，有如卿之玲瓏乎；質之瑩潔，有如卿之粹白乎；且花之香也，曾襲人；味之美也，亦可人。今奉卿嘗之，見鄙人緋〻意。

○采〻復爲圭書

此藕也，其花並頭，鴛鴦宿其下。今郎君以此餽妾〻，因想開花時之丰韻矣。況此中有絲，適引我心中之

一比一興
尤客評

心腹中人

思〻我玉人惠此佳藕頓安渴壷諧佳耦謹復

他人覷藕只睡得一肱西子臂七竅比干心比二書一來一往の詩人〻一比一興也妙不可言

玉馬情好

吳中王玉峯與名妓馬湘蘭交好王覷湘蘭一猪肚湘蘭覷之各有書表其意云

○玉我覷猪肚書

餽以心腹中物何有心肝在何處一句覘若輩不鼓舞

猪肚一、歆奉美人、美人心腹中人，因奉以心腹中物，請烹而嘗之、

（一）馬姬淩玉我書

承惠猪肚、知君不友肉妻也，但不知心肝在何處，請問、

馬青如於王青我又是王生真餽一猪腦

子弄他好何回答來

陳陵情印

用麻姑事寳與戲儂可雅觀

不飲酒而吃醋太猜饒了些

金陵陳珍珍名妓也與陸太素交好太素餽珍珍麻姑酒一有書柬一有書合情之最押者云

○陸生餽珍珍酒 建昌號盱江

麻姑酎仙酒也盱之人遺儂者儂轉遺于卿卿試飲數杯竹葉即着兩頰桃花麻姑即卿卿即麻姑耶儂且憶卿之指甲好搔癢耳 王方平見麻姑長指甲憶其好搔癢云云

○珍珍復陸生書

承惠仙酒佳愛也君以此遺妾更勿遺他人若遺他

許詩妙許詩妙

忽憶章臺柳贈君仙圃茶

人、妾必不飲、番之成醋、待妾吃之何如。

陸生餽珍之酒、珍之盧甚、又餽他人面以醶、

醋曰吃醋假饒、陸生餽之肉、又餽他人肉、其向

不食必至、陸生個珍之嘴蜒耶、

蔣許情好

杭妓蔣素素與許伯仁交好、伯仁贈之以茶、請受

之、各有書寓其意、真交情之深者

○許生贈素素茶

間及蓮子妙不分連子之意在言外妙〻

雅思雅句更多雅致也使觀之若與〻

武夷先春、特送數葉、卿〻善歌舞者、一碗喉吻潤、使歌聲囀轉鶯七椀、兩腋生清風、使舞影翔鸞矣、幸烹而飲之、第恨無點茶之果、卿〻處莫須有蓮子在（時素交有連憐音者許之有吃醋意故云云）

〇素素復許生書

承惠雲腴、妾未敢輕嘗、待郎君至、方命奚童以活水烹活火、茶須星前月下共吸一盃、平分好滋味也、若問點茶之果乎、妾處並無蓮子、只有梨子耳（言無連悵吾只）

茶能去睡魔清話一宵整果更為妙

有許伯仁也椎與許音同故云

許魏茶薦壺茶名有許多色致固妙但不若同此茶飲之能去睡魔偕來二人不寐偎紅倚翠整〻清話一宵何如更妙

蘇苑情好

蘇商氏吳人也、與金陵名妓苑彩雲秀好、蘇別意殘不勝其思戀曲牌名為書寄于苑〻亦以曲牌名為書報之益見情好云

昭君手裡琵琶彈出許多愁調

○蘇生寄采雲書 曲牌名

菊花新牌名處輕別虞美人牌名今已小桃紅牌名無日不望江南牌名○也每憶多嬌淚珠兒滾作江兒水牌名不知好姐〻牌名曾為倘秀才牌名憶雖忘否牌名昨上小樓牌名見雁兒落牌名不見一封書牌名曷勝節〻高牌名之恨何日與卿解香羅帶牌名脫布衫牌名淚銷金帳裡牌名快活三牌名一場直至五更轉牌名令儂欲返川撥棹牌名待鵲橋仙牌名會合之後更與卿同看江頭金桂牌名

○采雲復蘇生書 曲牌名

轉摺有情雖是東扯西扯却是打成一塊的口氣

自金蕉葉（牌名）落處。送郎往小梁州（牌名）。今爲藥花（牌名）已開矣。妾見紛蝶兒（牌名）繞繞。黃鶯兒（牌名）閙閙。妾得不罵玉郎（牌名）不作思歸（牌名）引也。妾近來繡帶兒（牌名）寬褪。傍粧臺（牌名）更懶畫眉（牌名）。剔銀燈（牌名）夜坐不覺哭相思（牌名）。安得我郎趂一江風（牌名）。棹夜行船（牌名）歸來作調笑令（牌名）。不同賞錦堂月（牌名）。手不然恐憔悴一枝花。令落三學士（牌名）矣。歌後

二書一來一法皆以曲牌名輕除滅文無中生意係變態真有趣

心中無限恨，盡在骨牌中。

此叙其邂逅時手顫，有趣有趣。

陸彭情好

江陵妓彭惜々，與陸彥儒交好，後兩人告別矣，陸以骨牌名作書寄之，惜々仍以骨牌名為書以復，亦情之最洽者云。

○陸生與惜々書（骨牌名）

分別時○寒雀爭梅（牌名）○今落花紅滿地（牌名）矣○詩不動○綠暗紅稀（牌名）之恨○儂憶與卿邂逅○放雙蝶戲梅（牌名），卿笑曰○蝶碎梅花（牌名）矣○儂曰○劈破蓮蓬（牌名）○更何如○此情意○不啻魚遊春水（牌名）

激句妙甚

者今欲寄之書竟無霞天一隻鴈不恨歷巫山十二峯乎雪消春水來儂將解鐵鎖繫孤舟歸與卿看梅梢月不然且吟落錦屏風矣

○惜惜渡陸生書

記來別時之言與既別後之恨宛轉有情

十月應小春與郎分別郎約曰我必觀燈十五贈卿八珠環今梔紅柳綠矣郎不背七星劍而歸何耶妾嘗從格子眼窺視見燕子穿簾幙正雙飛而又鵲雙飛折足鴈豈不羞殺致意我郎早歸來踏梯望月樆

牌戲妙句大有風韻

富知宮寵梨園婦絶勝妖嬈柳巷人

又劍行十（牌名）道、別效二士（牌名）入桃源、與七紅（牌名）沉醉、妾必罵郎曰。貪花（牌名）不滿三十。郎曰。妾且揉碎一枝花（牌名）亂打矣。歇後。

骨牌名二書聯絡書名第來色脫下錦裙襪後歇入蓬窗之語殊覺缺陷世界

鄒童情好

吳人鄒鳳苞、與一戲婦董瑛瑛者交好、董去矣、作書寄鄒、述其思念之懷、鄒有復書且有所贈以寓

一句〻抵雁唳空中，一聲〻哀猿叫嶺表，有情人寫着有情書，余玩之無情却為多情惱

其意纏綿之情、並可想云、

○瓊瓊遺鄧生書

數月良緣、平生深願、妾告別我郎、送至亭時、珠〻幾點、迎梅雨半是離人眼中淚也、妾自別郎之後、相思地、費長房縮不就、離恨天、女媧氏補不完、壹兔飛越、只在我郎左右、蓋妾常以身付君、即以心屬君、又豈肯抱却琵琶而過別船乎（白樂天詩）、裂碎汗巾、半繫郎心、半繫妾意、各收藏之、待他日接長、打同心結也、一綫情緘

此等情書一字一淚江淹別賦中寫出張衡愁詩中吟未見者惻々

兩行血淚即請看紙上啼痕莫有如湘妃廟前竹否

鄒生湲瓊々書

與卿邂逅正期倚翠偎紅不覺紅銷翠減送至亭草色萋々波光漾々動離人許多愁恨別來新譜奏響如琴如箏究似玉人音調嚼徵含宮依稀在儂耳中也儂愛之慕之但儂之心有卿不知卿之心有儂否所語云々將紿我矣隔牆送過鞦韆影莫須有不撥琵琶過別船未必然今贈卿金和頌赦之心頭贈卿玉

評詩甚當

以胸中色線引出商肆中色線大奇特

簪勿貫之腦背後也一視

蠢婦娼家流也有錢則與爾無錢則納鑿耶

唯莫漢有未必敗六字已均見于心肺矣

阮杜情好

嬈妖阮翠翠與杜為磐交好翠翠欲五色線涎杜

索之各有書將其意戲青樓之雅云

○翠翠與杜生書 杜詩平生五色線為補舜衣裳

我郎胸中色線以為補舜裳妾不敢請商肆之五色線

不過四十餘字字々有情語々有味讀者無厭

妾實告之索之我郎我郎爲致之情與線俱長也名
致之情與線俱多也一懸

○壯生溲翠々書（綫也）

色線以青䋙招致之此線縧々相合不容易開不容
易斷也卿擅針指乎儻欲其繡鳳于飛不欲其繡
孤鳶寡宿一視

是二人情好如此矣使其今散則必和針
却線刺人腸肚難以嘗讀爲此評

短〻幅〻無一語不清無一字不律此頗似蘇長公口吻中語

程壯情好

程正卿與金陵妓壯小紅洽正卿自蜀歸贈之鸂鶒贈之扇小紅受之各有書牘答以表其意云

〇程生與小紅書

與卿分手身在川中心在吳中也今為卿歸矣蜀中白鸂鶒頗能言特為致之此鳥號雪衣娘可為卿呼客可為卿留客善蓄之蜀扇一握試展之即團圓矣希受

輕々摺々如流水下灘不着些子勢力是則蘇李士亦風情杜工部之筆法不克為此

◎小紅淩程生書

我郎去秋上川、今春下川、一往一來、只半載耳、諒適巫山未嘗覓陽臺雲雨、故歸之速也、妾有斗酒、欲為洗行塵、更洗渴塵、我郎來當與促膝飲之、承惠鸜鵒、妾雖重其能言、郎來時使之呼官人吃茶、蜀扇一展、雖則團圓、只恐絕有風情、又收摺笑奈何、

程郎蜀歸贈之鸚武、贈之扇、香淨不算、贈之錦繡段、使美人報之青玉案乎

意之婉轉、詞之甜熟、妙甚々々

我個字兒、一字恰是一顆珠

金王倩好

金陵妓金瑞娘、与王元卿狎有書索牛皮糖、王啓之以書、皆青樓韻語云、

○瑞娘索糖書

闓之牛皮糖、好滋味也、妾垂涎久之、今索之我郎、我郎待妾、素有甜意、當不靳此甜物

○金生渡瑞娘書

承命索牛皮糖、特爲致之、謝卿之舌矣、甜於渡羅胶

以頭估

停利標衝
魚潮
患

以此物報也

一半皮糖何足言甜二人之情甜意甜此糖所

以甜來讀二人之書亦曰甜〻

孫薛情好

江陵孫秀夫与妓薛皎之者狎、欲往青樓先通書

薦其、年顏誠有足取者云、

○秀夫與皎之書

日前偎紅倚翠、一刻千金、花香襲人。宛若廣寒宮傍。

引古詩二句甚恰當

此是一個迷魂陣

姮娥之氣味也今欲重尋巫峽之雲再弄秦樓之月但不知綉户中更有何人在只恐夜深花睡去故燒高燭照紅粧請示

○峻々淩秀夫書

一夕歡娛兩情繾綣妾愛玉郎々愛妾好花迷蝶々迷花奈郎一去不來心中事意中人却引出眼中淚耳妾前夜寡昨夜寡恐今夜又寡郎有憐妾雅懷不寡矣海棠花正嬌任教郎獨占春色卧榻側豈得有

宋史○之語○

蒼姬的能鬪雛嬛如何識得透

簡簡的一字可換一珠

他人軒聽耶隔墻花影望之俟之

孫秀夫乃一雛嬛薛姣乃一蒼姬以蒼姬敵雛嬛氣亦知其所降

程郭情好

余懷𢈔郭春華与程文字交好春華求燭于程各有書鳴其意殊亦肯措之美譚云

○春華求燭書

夜無燭不勝昏昧今索之我郎布施光明藏功德我

此不过三十個字，字字顯心透骨

鼓斷玉釵句亦見詩格當

郎能不以赤心付我、猶光照我手一懸、

○程生談春華燭

燭數枝、命人奉工、試燃之明、的的以一條赤心照卿、

卿如翻以風、則淚之長流也、謹談、

一燭也，向彼求此，無二人之傳情之若是佳

寄以情之贈也，緣慕喜極，切不啻獻斷玉釵

珍賜兮遙遙，靡莫個而春

劉郎情好

此等書惱天不是惱笑天不走笑吾不圖青樓風月有這等妙趣

杭妓閔楚雲与劉時彥交好劉琥猾閧乞醋各以書謔之云云

〇楚雲與劉郎書

妾與我郎結為心契葵花向日妾則有之柳絮隨風妾不然也郎乃棄妾而好翠妹郎戀翠妹耶翠妹戀郎耶郎前夜與翠妹雙妾守寡昨夜與翠妹對妾又守寡翠妹夜短妾更長（歡娛嫌夜短寂寞恨更長）可恨可恨獨不記剪頭髮燒香疤時乎妾燒取香疤爛殘玉體剪下頭髮燬去香

正付頭副對頭想滑有趣

眺情者大都靡常惡新以食肉譬之甚滑

雲。郎如何不思、必欲改變初心、妾亦無奈、郎只補起香疤、還妾栽起頭髮、還妾我則罷休、不然、我必咬郎之肩頭、償妾疤痕。倩摘郎之鬢毛、償妾頭髮。債再不然。妾且死矣。陰司一紙狀詞。我郎是冤家正對頭、翠妹是冤家副對頭。鬼門關上、大鬧一場。郎知之否

○劉生復楚雲書

與卿交好、復好翠妹者、譬之食肉喜矣、嘆世別味、附之未為不可、卿乃無端嗔怪、一則曰燒香疤、二則曰

到想得到

濃濃的情

寨寨的醋

到甚酒滋

此斷案有趣死

剪頭髮、三則曰、兒此何故、卿要我補完香疤、禁（四声）得刀劖坑兒我替爾補之要我栽起頭髮、禁（平声）得針刺孔兒我替爾栽之、你若死、我償爾命、我是正對頭讓得爾只恐副對頭不肯讓爾矣致殺心肝奶奶、濃濃的情我還留得在寨寨、醋不要尝也罷、

柔鄉此風流公案劉生改好楚雲那得跳槽楚雲雖愛劉生未可吃醋翠娟知二人情好可奪趣乎劉生罰米七石楚雲罰庄備席一宵

既尔擇月 如何携要

倪生此書 豈不然怪 了有情人

翠妹果李少卿後施也一種

倪李倩好

揚州妓李鮮々与倪元信交好、鮮々月信來、元信欲与之求合、鮮々不允、元信怪其有別意、寄之以書、鮮々以書答之、兩意遂契洽云

○倪生與鮮々書

阮肇亂入天台○凝與仙娥邂逅○楚襄閑遊巫峽○端明（犢祖尋魯因猪牛啟札幾尺兩少不了）神女倘佯求卿○再四、卿竟故褻之、兩生者此何故抑

霞遮鳥道
月滿鴻溝
形容其月
信妙甚趣
甚

龍歸曉洞
何好

亦裙帶下佳物別有々情人封號耶儂從此別矣請勿渡敢見矣黃四娘家花滿谿儂亦不管李鮮々家草滿逕儂亦不管也

○鮮々凌傀生書

巫山神女晝遊霞遮鳥道（蜀西當太白鳥道）洛浦瓊姫夜卧月滿鴻溝郎乃欲妾々兩意雲情身上衣欲濺以嵇侍中血耶（晋嵇紹死帝難血濺帝衣帝持衣曰此嵇侍中血）華翰云々妾且傀矣妾豈忍黃鶴一去（李詩黃鶴一去不復返）不念彩鳳雙飛致敎我郎明日來妾當洗淨溝渠一任龍歸曉洞

俔生非錯
怪鮮〻標
家要知此
作趣語

書毋餘字
一字一珠

歎淩

既過月從窗走雲情之後既走雲情乃講鮮〻
識厚於俔生為何物伏生向錯娘鮮〻耶

吳鄭情好

金陵妓鄭紅娥與吳景祥交好鄭索珍珠于吳〻
與之珠各有書言其意茲亦青樓之雅云

〇紅娥索珠書

妾欲得珍珠十餘顆特為整花鈿用乞之我郎昔齋石雲小名

茲十餘字抵得十顆珠數總二句亦警策來

若以三斛買綠珠，郎不當以半句結紅娥耶。一恕。

○景祥答紅娥書

珠十餘顆，活潑潑可走盤。試將老蚌胎中物，奉與佳人掌上看。請綴之花鈿，光乘射人。卿若憐惜此珠，則當憐惜致珠之人。一笑。

謾想佳人傳錦字，郎隨孤雁索珍珠。此索之未有情，與之未有情，若於予與何謂

周陸情好

敘間別之情無限、而惶恐萬數、能使人腸斷

金陵妓、陸鳳仙與周翰卿交好、翰卿往蜀遊、寄書鳳仙、鳳仙復以書、各盡繾綣之情、深有足取者焉、

○翰卿與鳳仙書

別卿往蜀今既數月矣、注想于卿、一交睫、便與卿相接、豈卿在我枕頭根底待我一睡、便入我夢中耶、予覩啼血、豈不懷歸、欲歸而歸來得耳、茲偹尺素聊表寸衷、更附以蜀扇紅械、蓋欲卿珍之、勿冷落其鸞鳳情也、卿如問我之歸期乎、尚在紅蘿花綻碧梧葉老

江處教語
妙心結骨

況轉騰有
情思悽愴
不勝感慨
未後再訂
歸期大有
關鍵

不悉

○鳳仙渡翰姍書

郎去鴈始來，鴈去郎不歸。鴈兒帶得愁來，今不為帶將愁去，豈郎之未歸耶。承諭歸期尚在秋月，三千里人豈得不思。九十日夏如何得過。妾不勝脂憔粉悴之恨耳。所惠蜀扇，妾心只愛團圓好，留此風情待玉人。妾藏之笥中矣。今附綉羅蘇一個，非付君收金銀付。君收放心也。我郎尚諒之，歸則只好七月七。千萬

只有蜀天好對

詞不煩而意足東急之最妙著

焚列。九月。九一祝

蜀天河霽毫只願戴回雲翻地粗思一般照

憶莊々耶々風搖耶大是有情人

馮謝情好

金陵妓、謝玉姬、與馮時專交好江寒索炭各有書

往來、以表情愫、是亦心交者云、

〇玉姬索炭書

寒江矣、敢淺哉、郎乞烏銀（炭曰烏銀）。我郎。當。不惜白銀。備為炭

煖意灰心影得妙

評得極是

致之。煖妾體肢，煖妾手足，見我即藹藹然春意。

○馮生讓玉姬求炭書

炭奉上，試爇之爐中，可當辟寒香也。卿若忘其煖意，則渠必灰心矣。一笑

袁子索炭孫乞之肖之炭手交孫久乎一燃須有熘再變又乎灰余觀物理可驗人情

蔣許情好

松妓許如雲、與蔣公淵交好、爰月索箋、有書往答

二十餘字直消一鋪好簟

簡而練清而典讀者愛之

亦青樓之雅云

○許如雲索簟書

炎歊無寧睡從我郎索涼簟一鋪、郎來共寢使夢魂清爽好從巫山上覓朝雲也、一懸、

○蔣生復如雲書

簟一床、制就蘄州之竹編成湘水之紋、試展而臥之所謂香肌無暑蕙質生風、非狀將爾行雲任卿所適

敬復

滿ゝ的一封札添ゝ的無限情妙妙ゝ

得了斷腸離恨又索得相思無盡

之意云

余家積好

江陵妓宋織ゝ與余我往交好索裙于余、有書往

答、是乃情之最狎者云、

○織ゝ索裙書

裙散矣、欲得新紬裙服之郎肯衣被乎妾情則厚也、

妾將以裙帶下滋味報之、一咲、

欲將甚心自是著實

〇余生淩織之書
裙奉上、長拖六幅瀟湘水。剪下天孫錦上花。卿云報以裙帶下滋味。胡不報以裙頭上意思。乎裙頭上意思。何曰。心是已一睒。

燭灰眼下
妾淚蚕老
心中縷盡
絲

欲問相思處花
開花落時 薛濤

上世淡生評

才子佳人不為無意、雖曰誤投、青子然一誤矣、豈可再誤々而又誤、誠有意者也

丰韻情書卷四

竹溪主人　彙編

豫章　南陽居士　評閱

幽閨丰韻

吳沈情好

吳之卓古吳人、沈素瓊者、里閈中才女也、晩眺樓頭、吳讀書歸、偶過其處、沈方食青欖、予誤以一枚擲生懷中、生仰視之、莞然而笑、沈以為誤擲乎、生亦微笑、生乃以為有意、于是頻過其處、過則誦些

天下有此奇巧事或亦天意耳

引潘郎擲果之事觀物有情

個事、憐人賜之句、沈為其牽引、始而無意，今則有
意矣、吳之鄰有馬媼者、善為媒、生厚賂其心使傳
書札、且於其議姻、二人先成密約、後成連理焉、

○吳生與素瓊書

微生吳之卓頓首拜、沈玉人粧次 前、讀書晚歸、
適逢樓外、不意玉人投以青子、自分貌匪潘郎乃蒙（番岳美姿容每出群嫗愛）
擲（之擲果盈車）果之愛、更蒙一笑千金竊幸自是懷想玉人量減（古詞○之語）
林中紅餹臉際恨填心上愁攢眉端無心于耨史耕

三

此處佳趣逸案救上猗猗自樂手樓中淡吹風

一紙書兩下緣三生謎丸名玉簪記冊云

經、有意于吟風弄月、雲重重代結成胸中蘊結風颯颯為變作口內嗟吁、然則朱樓若還是迷樓（隋煬帝有樓名迷樓言登樓霸不悉云）晉果若乃為孽果也、噫嘻、天台花好阮郎却無計可來巫峽（心病曰癥）雲深宋玉（宋玉作高唐賦）只有情空賦神之眊矣、傷如之何、心之癥矣、痛如之何、今奉尺素為表寸衷、伏乞垂念微軀救人一命、西廂風月少分妙趣與張生銀漢鵲橋今顧佳期逢織女願望報音、慰我鬱結、不宣、吳之阜再拜

○素瓊復吳生書

琵琶撥盡相思調斷腸寄蕭娘一紙書此可為證

才子多情
佳人有意
自是如此

賤妾沈素瓊斂衽拜復　吳少年太史台下一月前登樓晚眺，投下青子，實非擲果憐潘岳，君把杭州作汴州，欲以妾之妝樓擬作雲雨臺，以妾之青子認作因緣，果誤矣。雖然，事出無意，似為有意。承諭云云，知君之念妾深也。明月有意而入窗，人誰隔之者，白雲無心而出岫，風則引之矣。但君不可自謂相如，以卓氏文君待妾也。春色滿園關不住，陽墻花影玉人來，謹復。

劉郎賀郎
有此恰當
鄰舍兩情
相處安得
不傳書遞
柬

食青果而投之投又着入懷中此何為此明是有意豈曰無情哉二人會合亦有緣也

劉賀情好

劉純表者、吳人也、與賀氏女雲英為鄰、賀與劉亦世婚家也、賀則佳人、劉則才子、非角時、常聚而嬉戲、後長矣、彼此有懷、不惟劉之慕賀、而賀亦繾綣於劉、雖有幽思尋春不偶、嗟乎、此曷能為情哉、劉

數語聯絡有情如入春谷中聽花種〻鶯人聲聽

與情思如愁如慕如

生乃修書一紙并玉樓春一詞、以達勝〻之意云、

○劉生奉賀娘書

天假以緣、卜芳卿為鄰、豈謂幼時曾聚首乃今今日倍關心是往日之笑語今日惡相思之胚胎也今日之愁思往日好情懷之醞釀也、或臨池見出水荷華目遇之而成色者淂無憶卿之姿態耶（蘇公句）或游園聽出谷鶯聲耳淂之而成聲若淂無憶卿之音韻耶（蘇公句）或憑欄對月曰月之嬋娟將為我留情耶或啟檻觀花曰

蕭如泣如訴讀之令人洒洒然悵悵然

調新而雅而又悲愴玩之而不悵然必鐵心石腸乃能爾

花之娉婷將為我含咲耶。室邇人遠。傷如之何。露冷風清愁難度者。昨展卷見古詞云、秋風清。秋月明。落葉聚還散。寒鴉捿復驚。相思相見知何日。此時此夜難為情。讀此數語、心越神馳、惘然如有所失。寸箋奉上。知鄙人切念于玉人、玉人兮還念劉生否、再有短詞、用抒心曲、（）秋光好。秋風老。偏有離人憂草草。衣落。還成宋玉悲（宋玉悲秋）月明。更起蘇公惱（蘇公見月增嘆）。雨意悠悠。雲情渺渺。寸心不定常如擣（詩云憂心如擣）。夢魂有意入巫山。巫山道路知

越數語流利數芳流水行雲自是雖懸

有情繳有丰韻齋識唱歎說令人喜淺令

多少。

○賀雲英復劉生書

幼時嬉笑、今日憂愁、君有之耶、妾有之耶、思而不見、咫尺而天涯者耶。妾與君家世講姻婭、爺稠既執獨(倚嫫故)不能結朱陳之好(世姻之家)、諧秦晉之緣耶(世婚之国)。雎鳩之風既爾、有咏鳴鳳之吉(陳敬仲占娶之事)、寧可無占。妾固知下有人事、上有天意也。妾倘得御君子、妾之願畢矣。妾苟不御君子、妾之恨何如。妾之屬意于君、恍葵心之向日。君既留念于

人悲喜之者無語鶯啾悲之若吟愁喋怒

意惋而辭新李易安朱淑真才調何如

妾可憐絮之隨風哉君尚念之君尚圖之仍有秦樓怨一詞為寄幽恨○金風乍起吹動離人情緒燕子于今辭舊壘是他帶將愁來更不能帶將愁去織女多情牛郎有意銀河莫恨無橋渡天台洞口桃花嬌（劉晨○阮肇○入天○台中）待情人為劉郎指引尋春路

有此佳人有此才子况在鄰居誰不動其春心哉乃兩人不踰墻相從只求蹇修撮合以理制欲殆亦蔓艸中之幽蘭惡葉中之絕愧死矣

辜生何如人瑜娘何如人可令相見我男女之相思實辜之祖姑瑜之祖母釀成之升他奚尤

瑜輅情好

辜輅者、廣人也、與黎氏瑜娘、姑表兄妹耳、輅過瑜家、問候祖姑、祖姑命瑜相見、而意潛孚、鍾情彙集、載之詳矣、瑜祖母欲以瑜議婚于輅、輅不勝喜意、因致書瑜娘、以達意云、

○辜生奉瑜娘書

輅無似、世忝詩書之胄、締結絲蘿、（兎絲女蘿纏綿之物）近叨叔嬸之情、寓居門館、詎意天緣命合、新逢曠世之嬌娆、人意交孚、

此數語於
代天然豈
山美玉麗
水良金
因親致親
其然豈其
矣乎

果是前生之配偶，榮踰望外，喜溢眉間，緬想淑媛蘭蕙其芬，冰霜其潔，秋水為神，玉為骨，傾國傾城，芙蓉如面，柳如眉，欺花欺月，柳絮因風起，藹然謝道韞之才華，寒藻漾漣漪，燦若朱淑真之文，柔誠以窈窕之女，而當君子之好逑者也。幹一寒，如此百技無餘，得一拜于瓊瑨，幸已足矣，矧側身乎玉樹，恩莫大焉，捫心有愧，揣分何堪，襃開太夫人因親致親之言，歸心如箭，今見椿府君執柯伐柯之舉，真意若川，倘蒙

試看月輪還有意宗敦於村近短娥此事還早還早

平平鋪叙自是一種悱惻

叔孀再不他辭，想應汝我心諧所願。五世宗昌係兹一舉，千年宗祀續于片時。專望竭力贊襄，毋使青蚨淌句玉同心協助，庶教丹桂近姮娥，月下之深盟可遂，人間之至樂無雙。敢緘鸞函申微悃，特訴鳳以候佳音。伏乞保重千金之體，永終百歲之期。不宣。

（諸公亦肯喚來玉）（淑隱隱詩句。）

○瑜娘復辜生書

伏自一別，倏爾旬餘，蝴蝶之粉未乾，麝蘭之香如在。奕奕威儀，恒恍惚于目睫；昭昭盟誓，每膠結于心胸，

詈人處錦上添花，付鄭處搏中求郎

無人花色慘，多雨鳥聲寒

忽喜水人傳事，又兼雲漢飛來，千欣千喜。恭惟

學貫天人，識通今古，風采勝賈少年之弱冠，（賈誼弱冠以才名世。）文章負

李長吉之奇才，誠出凡民之類，而拔士林之萃者也。

瑜貌非超衆，才不逮人，自謂無取于世，何獨見憐于

兄，幽谷發陽春，多感吹噓之力；葵花傾曉日，幸蒙光

照之私。托庇二天，（古人感恩謂人有一天我有二天。）已非一日，諒期人心有欲，天意果

從，因親復濟，致其親發願，竟能諧所願，事已定矣。言

更何云，惟冀尊所開衍，所知益勵，占鰲之志，宜其家。

人意望矣
意不在也也
於非輅生
何必認真

毋命虛止
是良緣不
偶處可恨
比目生日長

宜其室何肴慨風之祥不須待月於西廂正好跳鸞（笑其勤讀佳史）
乎北牖毋使前倫獨專其美勉圖後捷聿觀厥成
二書叮嚀款曲絡繹矣喜耶瑜娘奚喜耶柳
知其好事而多磨耶抑豈移瑜之喜適
乃爲移瑜之悲已

又瑜輅情好

夫瑜輅之致書以為伉儷必然也不覺瑜之父意
有他議則毋命為虛矣良緣不偶矣時輅已言歸

平々鋪叙細玩之如水面落花溶々漾々自有一種可愛處

眼窮腸斷之語使人悲惻

瑜致書道其意云、

○瑜娘奉韋生書

妾瑜百拜　伏以因覯致覯雖有慚于聖訓緣愛結愛豈有負于初心、敢陳悃愊之誠、上達高明之聽

妾瑜三才末品、一介女流、愧無傾城傾國之姿、且有至愚至陋之質、（言無所稟）悞辱秉對猥蒙納幣、感恩有自報德無由、豈料禍延（謂拾良親之災）韋門、遂使魚沉湘水、一别悠然、三年逝矣、寸心千里、眼窮雲海之微茫、半日三秋、腸斷光

此處悲〻切〻。唐人所云：船中斷腸，洞庭夜，床下有蛩長信秋。人分千里外，心在一舟中。

陰之轉遞。前言莫踐，後会何時。風〻雨〻不曾停。悶〻愁〻何日了。罄南山之竹，寫意無窮。決東海之波，流情不盡。愁如雲而長聚，淚若水以難乾。春苑夜闌，帳滿艷陽之景。夏梁燕乳，情嗟長養之天。秋觀明月倍傷神。冬翫香梅增感慨。警于心，觸于目，無非惆悵之時。倘乎人，仰乎天，盡是相思之處。一心快〻而頹，汪〻一日十二時。時〻盼望，五更三回。點點〻念悲。簪折瓶沉。目下已棄前日約。香消玉殞。鏡中無復攏

看至此處此心歷歷不可卷也此心匪石不可轉也

人倜爽楷柳秋色光梧桐澤立濃慘景象

時容寄約成虛怕過携手會遊處歡娛陳迹難期從膝在何年深懷千語千言與誰細說決盡一心一意惟子是從願若果乖雖生無益情如不遂便死何妨豈拋彩鳳之文爲去逐山雞野鶩（音木野雁也）父縱解盟於異姓妾肯委質于他人誓了此生靡敢失節皇天后土實所鑒臨碧落（天曰碧落地曰黃泉）黃泉要同一處天作比翼鳥地成連理枝（語見白樂）允副王郎之願生爲同室親死爲同穴鬼毋違居易（之名）之言伏願趙璧重完樂鏡再合（樂昌公主與陳德言將別分鏡後將以鏡重合）水結釜合莫與錙銖

書數字詩
數韻唐人
所云卷隨
江爲注矣
怨樂樣愁
緩也哉皆
也哉

妾雖垂首九原亦所甘心也惟兄圖之毋使落他人手臨書腸斷不知所云

()韋生復瑜娘書

得玉人書心驚骨折風顛不酬天乎人也何尤聊吟數韻以達心知一字一啼珠嗚咽千萬次卿試念之詩曰臨風長嘆息好事到頭非一點心難朽千年願皆違離鴛終日怨塞鴈幾時開參商二星不相見寂寂紫牕下無言但淚垂誰想鳳和凰番成參與商燭殘心尚在獨吟淚

亭生之疾
減病疾也
倘不此時
未能驚風
流汗見必
愈矣

蘇潘之遇
也上元燈
其秋燭之
託乎觀音
父其高音

遂長當日同君瑞。如今似樂昌相思成癱瘓。百結擯（樂昌破鏡与良人分別）

桑腸。

瑜絡之書作來血紙悽惋兮如斷猿悲月

哈哀兮如啼鵑悲悽殘慘淡兮如敗葉

戰秋風哈笑兮如落花隨流水惜也ゝゝ

蘇潘情好

蘇育春者楚饒人也、遊洛陽、上元觀燈、遇潘女玉

真于觀音堂、而意有所屬、生謝其女、為鉄往通政

之文字樓巧倭巧

蘇生此一紙書正所謂登山采玉入海尋珠者

瀛晟女也遂以所作文課為贄求為晟之門生晟寫生于家竟與玉真有密約因致書達情詢云

○蘇育春通玉真書

玉真小姐粧次育春芝陽鄙人也遠聞 尊老相公心上淵泉祖洙泗而宗河洛（二程○生于○河洛）空中樓閣家河汾而戶（王通○講學○于河汾）考亭（考亭○朱熹○之號）解組東山蒼生繫望發經緑野後學爭傳是用介覿友以通名奉館課而請見執經門下已半載矣

仰惟 玉質冰肌勝楊妃之出浴花容月貌賽西子

點景懷人不勝悽切宋儒有句云一鳩鳴午寂隻燕盡春愁正謂此耳

白玉璞中一聯何等悲量何等惆悵

之新粧誠塵埃中之仙品絕世而罕見者也自棲非神、懷思彌切五更三四點點、生愁一日十二時、時寄悵或雨打梨花之夜或月照梧桐之時或露濃海棠之宵或煙迷楊柳之際對景感懷無非寂寥滋味。昔人有云白玉璞中琢出相思心黃金鑛裡鑄出（二句出白樂天之詩）相思淚蓋為青春寫衷曲者茲欲特負蹇偷為譜秦（古之為媒者）晉第不知繡幞紅綵區區之得（郭元振之事）牽否畫屏孔雀區區之得（出高祖之事）中否彩樓鳳簫區區之得（秦蕭史之事）弄否又不知銀漢中鵲橋區

蘇生數
京華擅閱
大濟鳳步
遠瀛洲

數語云云
其辭若有

匡謂渡否。護此來讀幸毋金玉其音而靳一鴈帛也

慰情縷縷心照是禱

○潘玉真復蘇生書

上元之游邂逅於觀音堂若非君也耶君有潘郎之姿貌子建之才華所謂斯世斗山儒林冠冕指日而雲程萬里不難矣來翰云云似非厚道者君既為家君一門生妾即君之妹矜即妻之兄乃不攜于是以一紙書而私議婚姻理耶君雖有憐妾之心妾縱有

嘅喬其實乃深喜之

引西廂語情切有味

蛟媛風光偏着柳辭寒雪影半戚梅二詩可為一評

慕兄之意，于理不可。君有梯鳳之才，更不當萌乘鸞之想；君屬折桂之手，更不當動情花之憾。閱漢卿所云：休因翠帷錦帳一佳人，誤了玉堂金馬三學士也。寸牋奉復，心照不宣。

元夕之唱，玉生其無眼角之情；蘿生寧有投師之舉。蘸生書明而告，求潔已乎，不潔已也。玉生書微而拒，未不宥乎，宥也。玉生其耶蘇罡耶？正所謂才子多情，佳人薄命。

璘娘代玉真以行媒甚幾乎私當一號蘇生乃為其所誑愚矣愚矣

又濟蘇好情

蘇生係戀玉真，屢求交歡不得，遂搆重疾。玉真不與之交，如斷送人性命；何与之交，如玷纖已請節。何鄰有璘娘者，出嫁半載而夫死，今歸矣。玉真素與心腹，因告其事，央強其代己以救生急。璘娘義不可辭，許為玉真，夜至蘇生館交会。蘇生以為真玉真也，極一宵雅興。天明，璘娘辭去。生視之，乃知其為誑己，因作書一紙，托璘娘達其情云。

此書簡而切，言々相肯，々到心，玉真見之，當又增一段悽楚。

卓文君奔相如，秦弱蘭誘陶學士，恰當恰當。

○蘇生達玉真書

育春之疾、非采薪憂。（史記之語）非吟詩瘦。（唐人病謂之吟詩瘦）緣惡相思。釀成之耳、卿乃毫不介意、如秦人視越人肥瘠然。何耶。且生命危若朝露、（欲言不多）病近膏肓、（難治之疾）卿不親授以續命丹、尚使人設迷魂陣。（言設詐之局）機心械事、卿忍為之。茲非愛我矣、茲非憐我矣、今而後尚乞卓文君奔相如。毋使秦弱蘭誘陶學士也。（郵亭一夜眠）

○玉真復蘇生書

誑楚之避秦之語妙入肯綮

誰道璘娘即和妾全猶葡萄自是冰冰有別

賤妾弱質也，嫩蕊未慣風和雨，兄苦苦逼人事急矣，不得已使璘娘行其所以誑楚者，（劉邦○沛公○漢王○誑楚之○桃源避秦○）實欲避秦。丹君之疾昨宵已出，風流汗，今日何須續命丹，妾從此休矣，君其勉矣，必欲毋念于妾，璘娘尚可使也，此輕車行熟道者也，不然，璘娘其身，妾其心，妾以其心付託璘娘而來，抱璘娘即抱妾也，妾即璘娘也，璘娘即妾也，昨何分璘娘哉，何分妾哉，此云云非戲也，實然也，幸諒之諒之，不謀。

柳媚花嬌上巳之良辰洵可樂矣郎才女貌此時之佳遇絕焉

佳人有意郎君猶兩處相思一樣心事固知蘊生之書怨而慕者也玉英之書戲而謔者也怨慕者不終於怨慕戲謔者亦終於戲謔柰不能成好了璘娘

金謝情好

金輝者廣陵人（揚州）、上巳日散步芳郊、見謝氏之女文娥者、（風俗記上巳洗除不絜曰祓禊）祓禊水濱、從以丫鬟二三、生神魂飛越、文娥見生、亦多眼角之情也、此究然普救寺崔張邂逅

金生此書純特有情悽怜萬狀抹花着雨潤滴浪水猗章風彩帶下可為此一評

之景象寸生自是懷思不置乃寄托鄭姬蔡娘䒷通其情好、此實以人事而偶天緣者也、

○金生通文娥書

上巳日、一覿丰儀、歸而怏怏、鬱結之思、何日而不耿耿、弄綠綺之琴（相如○有詩○綠琴○）、爲溥文君之聽、濡彩毫之筆、雖描京兆之眉（張敞○為京○兆其婦○為妻○畫眉）、鳳求凰之曲、切切有懷、蝶戀花之詞、常常致咏、瞻雲望月、無非悽愴之時、弄柳指花、盡是銷魂之處、宋玉之愁悒怏（宋玉○悲秋○）、相如之病無聊（司馬○相如○有渴○病○）、潘生之鬢蕭疎（潘岳○鬢亂○）、沈（沈約）

寫恨思處，悲愁苦切，如猿啼巫峽月，鵑啖楚江雲，柳鎖隋堤煙，花損瀟湘雨，正唐人所云：愁自子規啼裡出，恨從鴻鴈影中來。

子（自注：腰瘦損，韋帶移矣。）腰瘦損，清宵廢寢，白晝忘飧，豈當日邂卿之際，卿撒下一天丰韻耶，生拾得萬種相思耶。細想韶光三月三千，今病重九分九桼，如何耶？桼如何耶？卿尚念一介微生，賜以三生緣分，使生得傍粧臺之前，一握玉人之手，則潦倒病軀，當不藥而愈，而卿之濟人功德無量哉。（蘇秦刺股，孫敬懸梁。）不然，悲火常燒心曲，愁雲頻壓眉尖，（二句出白樂天之詩。）可憐刺股懸梁志，化作號風泣雨魂。竟於卿安乎？一紙情緘萬種愁緒，玉人諒之。更有短詞戀希一照，何如〻

此詞一字經一思念讀之者一擊節一泪

閱此書須知紅拂之偏愛綠衣人系中襆上之思後衍應

寂寂寥寥空度春朝，朝暮暮兩眉顰，重重疊疊恨添新。句句殷殷心裡事，孤孤孑孑病中身。思思念念意中人。

○文娥復金書生

上巳之遊，偶識君子，天耶，人耶。華翰下頒，知君之念妾，憐妾之至，豈非人心哉。追思古人，卓文君豈不念相如也耶。吳文簫豈不憶彩鸞也耶。試看黃鸝求友，紫燕呼群，彼物無知尚且有知，彼物無情尚且有情，人

末後一詩情見乎詞桃源既有尋春崇為得漁郎不問津

何獨不爾、藍橋便是神仙家。何必區區問玉京。君知之否。自是落花有意、莫云流水無情。仍有鄙詞請君台鑒、（　）桃花萬朵繞桃源。莫怪滿蹊笑不言。會使落紅。隨水去。漁郎。還得到。重門

金生在想念美少年。華文娥若痴念崔窈窕哉。第一見而遂有密約上巳之逞固可樂也。中媾之會不可忘也

陳情好

男女之欲彼此同然談風月者不必深咎司馬相如与卓文君之公案

叙情多妙妙處行樂刹洒々處

周煦春、县人、少年才子也、有表妹陳鳳仙、才貌絶倫、可稱女相如、煦春寓宿姑家、與鳳仙通矣、後歸、靡日不念鳳仙、而鳳仙之念煦春、亦無日而忘也、兩以書通、各盡繾綣、後因親作親、人願也、亦天意也哉

○煦春通鳳仙書

記溝春時之夜、與然握手、竊秦娥之玉。偷韓壽之香。倚翠偎紅、調脂弄粉、巫峡之雨雲並好、秦楼之風月

繽華散霞淒切晴川歷歷漢陽樹芳草萋萋鸚鵡洲日暮鄉關何處是煙波江上使人愁

雙滑半刻千金兩心一意誠風世之奇緣人間之樂事也詎意天涯佳會人促歸期咨一別矣蝴蝶之粉欲乾麝蘭之香猶在傷心哉宋玉之悲秋乎銷魂哉江淹○別賦○春草○碧色○春水○綠波○送君○南浦○傷如何○江淹之賦別乎瞻望雲之黯々負神女其何蹤襯明月之娟々聞姮娥而不應涕洞常時濕羅袖夢魂每夜到香閨兩地相思一天離恨何承兩贈玉簪羅巾覩物懷人心腸俱裂然則玉簪者其剜心之錐乎錐子○羅巾者其繫腸之線乎此情常被玉人牽安得玉人還

愁別中思會合人情大都然也

中流砥柱蒲江風浪不能移鳳仙謂年年不着看花眼者過矣

念我昔白樂天長恨歌云在天願為比翼鳥入地共成連理枝（韓朋夫婦合葬塚上生連理枝）還不知我兩人者得如此兩語否

〇鳳仙復煦春書

周喬足下妾守香閨一任春色年年不鮮着看花眼不意天台之洞來喬（喬烟平声開了之義）使我劉郎道入百鍊鋼竟化作繞指柔（百鍊語）矣數宵恩愛一旦分離使妾落落雖口念兄之姿貌也（斷开〇恩謂〇張昌〇六郎〇似蓮〇花）六郎似蓮花也憶兄之才華也（李白唾〇落〇凡六）李白唾珠玉也（遊〇風生〇珠玉）想兄之笑語也蕭郎吹鳳簫也（蕭史〇吹簫〇引鳳）早知相會倍相

樂莫樂兮新相知，悲莫悲兮生別離，別離之愁奚啻萬種，其々舊愁似太行山隱々，新愁似天塹水悠々者乎

思，何似當初不相識。倘君所贈金魚扇墜、金蟆戒指，然扇墜在手，玉人在心，戒指在指，情人在念，睹物興懷，心如春蠶，是豈金魚金蟆在吾心之綢繆耶？此雖表記，實作愁端。嗟哉愁乎，夢繞巫山嶺上雲；嗟哉愁乎，泪流揚子江中水。妾不知離恨天如此其高也，妾不知相思海如此其深也。妾無他願，惟願蒼穹（謂天）有意、后土（謂地）有情、兩姓有緣、三生有幸，使妾得與兄作並頭蓮、比翼鳥，吾願畢矣，吾願畢矣。紙短情長，略抒數語

唐人有云情润流不尽愁城攻不开此語看形容云

以書樓面与粧樓相对則讀書人枕粧女

伏惟情照倚之、

煦春鳳仙者二人之情可曰情深二人之愁亦曰愁城情深不竭愁城難破是也然有情者又有愁多愁者又多情也

吳鄭情好

江州吳美成、才子也、鄭氏女紫玉、若才女也、紫玉出嫁王子真、子真隨父任、年餘未歸、吳生之書樓、正与紫玉之粧樓相對、所隔者、只一蓮花池耳、兩安得不私哉，此才子佳人常態，吾真尤。

蝶衣黏粉花枝午，蛛網添縈屋角晴，豈云善意。

人日憑樓相望，遂各有情矣。乃厚賂鄰姬，為通密約。潔玉之姑稍加防閑，閉其樓之牕戶，兩不勝悵怏者，乃致書以達其意云。

○吳生遺潔玉書

天有奇緣，人有夙願，美成何登書樓，見玉人在望，玉人有意，隔沼傳情，遂使情之有竇（竇者孔隙也），春之有脚，阮郎游入天台路。神女還行巫峽雲。何緣哉，何幸哉，又何快哉。詎意彩雲容易散，明月不常圓，令姑嫜封閉玉樓，

寫景懷人焉々悃々如臨君之弄琵琶切切清々如秦女之吹鳳簫嘹々慘々如湘靈之鼓瑟瑟愁思至此極矣九疑

重扃綉户，使姮娥深鎖于廣寒之宮。織女阻隔于銀河之水。柰如何哉，柰如何哉。生緬想脂香粉膩，靡日而不關心；遐思雲鬟花容，無時而不在念。覩荷花之出水，頓懷玉女之丰姿；見樹影之摇風，不覺此心之盪漾。（言心亦不寧）或良宵注目，慟蟾牙之斜月娟娟；或清晝凝眸，傷樓角之愁雲黯黯。樓頭十二欄杆，曲一曲欄杆一曲愁；（唐人□詩句）筆底詞章三五篇，一篇詞賦一篇恨。倘情緣未斷，尚期樂鏡再圓；（崇□公主与夫分鏡而別後凝合）若緣分有虧，畢竟相如病劇。（劇者重也）春蠶

之雲莫状其藴结三江之水流不盡淚痕海棠着雨楊柳经烟可是一番寂寞

到死絲偏結。蠟燭燒心淚暗流。卿有情人哉。知周生之苦相思滋味否。

○潔玉復吳生書

賤妾無才與貌、竊幸見憐君子。果三生幸乎、鳳世緣乎、粧樓正對書樓。陽池有影。綉戶相通。綺戶望眼。情花嬌柳媚。總來勾引芳心。月淡星稀。乃致諧成約分。畀香于韓壽（昕[redacted]出与韓壽通竊香与之）。情意綢繆。聽綠綺于相如（綠綺相如琴名）。衷心縫繾。事可樂也、（湘信全）洵有情公、豈知好事多磨、姑有防閑之

玉容寂寞淚闌干梨花一枝春帶雨可為此評

燭灰眼下淚盡殘蠶老心中總是絲

舉。遂使良緣欲斷，郎無會晤之歡；燕約鶯期，變作鳶。悲風泣。蜂媒蝶使（去聲），翻成綠慘紅愁；秦樓之月冷風簫。蕭郎失意；巫峽之雲收雨散，神女銷魂。滿腔愁恨，可知地老天荒；一種盟言，空憶海枯石爛。樓外之芳蓮灌水，卻無並蒂之花；池中之錦鯉沉波，不寄加飧之（古人剖鯉得書中有加食飲之語）信。傷哉別也，苦哉命夫。雖然繡戶重遮，能阻妾之望眼；靈臺（靈臺心也）不昧，莫限妾之真心。倘爾天緣有在，人事可通，再續鸞膠，重諧鴛枕，妾將竭計圖之。郎且寬心待

但須玉女有情何患陽春無脚紫玉美成之私姑不能防之信然信然

之、更切謂自家門戶重重閉春色緣何得入來、一紙情緘千行別淚我郎念之諒之、桃源須有漁郎入蜀國偏招秦卓無易回二人同心其利斷金於是美成紫玉之私適姑果張防之竟自不能

蕭魏情好

劉綖者、元初人、太秀求郎也、端年日遊采石見魏廣魁、儀上、有美女、知其為故翰府魏球女也、其名

采石龍舟雜勝公巫山神女最奇逢看船不如看花船好不如花好之名蕭生所云

倩雲、才貌奇絶、距生所居三五里許、其姑迎至家賞端午、因倚樓觀龍舟爲生、過其下、望而言曰、看船不如看花、女微笑、生復因曰、船好不如花好、女又微笑、生往來者數次、女深動情、生因擲以金獅扇墜、女接之、即投以玉簪報、爲生愛之、曰、此鱗心物也、自是兩情繾綣、生乃拜其姑爲契母、以圖配偶、更厚賂其鄰之奶母、以書傳幽情云、

○劉生達倩雲書

憶舊不勝感慨謝家亭子舊池臺王孫去後多芳草可爲此評

簪乎簪乎詩人之係戀若此

端陽一接丰神沉思渴想或東床夢誦或南窗神馳幾到舊遊樓下樓頭景物依然在未見當時笑語人鬼之銷也黯然如雲淚之下也（奇山）潸然如雨蒼天蒼天其知我苦耳別來病軀懨懨無心于耕經耨史有意于問柳尋花向蒙所惠玉簪生插之在首拈之在手插于首者欲頂戴玉人拈于手者欲摩弄玉人意謂思玉人而不見見玉簪猶玉人也豈知玉簪者又鑽吾心而刺吾肺也哉花柳深藏淑女居不殊弱水三（蓬一某○以據○以舒○水三○亞）

無端一夜西風雨寂寞芭蕉葉上聲譯是此處景象

有情人遇有情人無端事愁無端恨

千里雨雲不入襄王夢，空憐巫山十二峯。何日天假以緣，得握玉人之手，曰與子偕老（詩經語）；得覩玉人之面，曰與子同心（詩經語），則懷少慰矣，病頓蘇矣。不然文君不肯念相如，相如必為文君死；玉人分當初既為生一唉，今獨不為生一悲耶。禿中書（筆曰中書君）之穎寫不盡胸中愁緒，决馮夷（馮夷水神也）之波流不盡眼中別淚。玉人其憐之惜之。

○倩雲復劉生書

懸蒲（端午懸蒲）之節，登樓觀競渡，不意君往來樓下，重念于妾

以獅形思以思寶獅思之巧者也始妙入實鏤之處

兩訂七夕之約天上有佳期人間有樂事快哉

蝶有惜花之心，花豈無戀蝶之意？承惠金獅扇墜，妾摩弄此獅，不勝此思。獅乎獅乎，柰此思乎？思乎何別來再圖一晤，竟不可得，天台花好，如何不復見劉郎？雖鴒情深，乃令淑女思君子，寄來華翰，知君之念妾，猶妾之念君也。妾之房帷，豈廬山竹影寺（竹影寺有影不見山仙院之）耶？豈弱水蓬萊宮耶？武陵源之有桃花，漁郎直入深深處乎？獨不能否？尚當以寄書人作蜂媒蝶使，妾且以銷金帳作雲雨陽臺，若訂佳期，乎正在牛女會銀河之夕

昔人題七夕云銀漢波光隔岸摇女牛相会夜寥寥歡娛未久廷離别何事辟乌莫架橋鵲生倩雲此夜既会矣明夜當何知

何者、端陽佳辰也、七夕佳夕也、吾兩人邂逅佳事也、君少待之、君尚秘之、謹復、

記得畫册篇云、端陽人競渡、七夕女穿針巧對也、今劉生魏女識面以端陽交情以七夕定偶佳聚人事也亦天意也

〇又劉生與倩雲書

七夕之夜、天上佳期、人間密約、偎紅倚翠、樂矣樂矣、詎柰雞聲唱曉、雨散雲收、使我兩人含悄而别、不知

前度劉郎今又来生成巧句

憶秦娥一詞可增入草堂詩餘的冲周美成秦少游

牛女亦如此傷懷否。所收羅帕，看来一點猩紅血染遍千條素練。絲此恩何厚哉，待嘔出赤心以報卿卿耳。第心田意種，勃勃猶生；（古注：心田耘意種，慾海息情瀾）慾海情瀾，滚滚不竭。玄都觀裡桃花好，前度劉郎今又来，更不知可否。今有憶秦娥一詞，仰惟情照。

烏鵲橋横天一涯（音宜）。牛女幽期，牛女佳期。交歡未久又分離，彩鳳孤飛，彩鳳孤棲。別後相逢是幾時，錦帳重依，錦帳重披（波門出）。此情何以表相思，一首情詞，一首情詩。

此一書天理中有人欲人欲中有天理非參乎幾上之思一于人欲而合天理者也

○又倩雲復劉生書

一霄恩愛千載良緣正綢繆間不覺雞聲唱曙（曙曉也）送君房帷之外見秋空碧色秋水綠波與君判袂傷如之何承翰所云妾非不欲再續綠蘿重諧鸞枕但行蹤則少覺約密則人知況此夕月明非七夕舊緣未可續新緣君試諒之更勿言三生有幸若只得郵亭一夜眠也所囑云云我姑可作撮合山（昔有兩山不合一仙人為之撮合令人以之比媒人）頭令其執以斧柯則丹桂近姮娥自有可待也但事莫遲遲勿使春谷

此詞簡而切方綠窗中紅一點動人春意不須多

海棠重折于他人之手外有短詞更希情照○花之前月之下為君細說生平話氷人翁為繫紅絲仙郎早把文鴛跨○

情輩始以欲合終以理制合乎欲正才子遇佳人每恨其欲制於理者深叅思正紀不淫不爾是可刺之中不無可美者存

周范情好

周震衡之嘉興人為九江守時有范璉亦游之天

本求室家乃許兄妹之獨英儒甘心作兄那純玉甘心作妹耶范夫人大欠區處

台入、任其府同知也二公僚友義重指腹為婚周生子英儒、范生女純玉、後二公休官歸俱死矣、子與女各春秋十八也、周夫人命英儒往謁范夫人、思欲畢姻耳、范夫人乃令其純玉相見止拜為兄妹、周館生于別室、生挾以純玉獨鍾愛于生、常遣人慰問之、遂各有私心、于是彼此遺書、以達情悃、

〇周生與純玉書

令先君與先家君、寅僚義重、指腹為婚、想當初結盟

此鏑叙一篇長恨歎[illegible]千梨花一枝春帶雨之句耳千種恨九迴腸思深哉

之時、必將告之皇天白之后土、曰海可枯、石可爛、金鐵可朽盟不可壞也。儒今不遠數百里而來求與鄉爲室家耳、非求與鄉爲兄妹也、乃令堂夫人著鄉兄儒著儒妹鄉、儒無寒盟歟（寒盟彼曰背盟）、儒自接見嬌姿時時係念睹秀華之重雲也。想鄉之雲鬟。看上苑之奇花也。想鄉之花容。望清霄之皓月也。想鄉之月貌。觀長堤之嫩柳也。想鄉之柳腰。此心鬱結不違假寐（不脫衣冠而寐曰假寐）、寸心千種恨。一日九迴腸良苦哉、良苦哉。儒獨悵撫膺之時身

此語巧
二語殺和
眉批甚時
天若以儒
女顛倒之
或然或然

純玉云云
果然是夫
妻不兼兄

不為女，卿不為男。若使卿為男，而儒為女，一接見卿，必以此心付卿，此身屬卿，毋命然阻我。何儒所言不盡之意也。卿曉人也，一篇中之八句出史書 知儒之鄙懷否？在天願為比翼鳥，入地共成連理枝。二句出長恨歌 此兩言不可不誦，毋輕負先人指腹之約也。

○純玉復周生書

指腹盟言，三光共証，妾既屬女，君定妻也，非君之妹也。君既屬男，妾之夫也，非妾之兄也。吾毋乃兄之妹

妹也奈之何而又妹之也

好詞好句好意好情委約周生又好事也樂府中將有好傳奇也哉

之冊也。天只不諒人。兵妾自見君之後，君館別室，妾處香閨，室邇而人遠。非咫尺而天涯者耶。妾之念君，翠蹙眉端，紅沁臉際。吊影對孤軀，含情私自憐也。嘗作有短詞一絕云，愁淚千點萬點，幽恨三番四番。鎮日長嗟長嘆，夢魂不到巫山。君覽此詞，知妾之心事苦矣。承語云云，知相如有意于文君者，妾寧能靳然乎哉。天台自有尋春路，安得劉郎不入來。君有半韻者，亦曾讀西廂傳乎。隔墻花影動，是妾之隱語。君尚

風流作況宿花蝴蝶深之見粘水情蝶笑次飛[illegible]

識之君尚識之

指腹為婣一男而一女奚不為無意也至將至夫婦之人可以兄妹之分以兄妹而轉為夫婦果不無意也哉

○又周生與純玉書

風月之夕邂逅芳卿倚翠偎紅携雲握雨挹温香于枕上抱軟玉于懷中風流汗透出酥胸恩愛憐饜入檀口妙矣哉快矣哉不意家毋陡沾重疾有書迫之

怨恨聲自杜宇口中啼出

青樓收徐元直之母子寫郭令招元直元直曰方寸亂矣

歸徐元直其亂方寸乎情也綠𣿬𥳑繇遍生離別洞天風景頃刻翻成離恨天情海息波霎時變作寃苦海繇為情哉繇為情哉其婚姻事全在卿之硬主張不然鏡破不復圓絃斷難再續我之懷矣我自苦矣卿以嫩蕋嬌花再折于他人之手可為一大慟也雖然天涯海角有窮時惟有此情無情處（二句長恨歌）皇天后土鑒吾此情彩鳳文鴦誓同一處天乎天乎倘然不繫以一條赤繩（婚姻以赤繩繫足）命哉命哉我且保之于三尺紫練從今去

其辭哀其情切其心苦夜叅嶺猿啼灌水春深杜宇泣殘花

有情人說出有情話

後水遠山長更有陽關曲一闋以志怨恨○嗟哉此別情凄楚淚濕欄杆花着露可憐孤雁傍誰飛含悲啼過花深處聞道風流誤少年少年恐逐風流死當臨燈影憐孤眠夢魂先繞家山故醒來玉杵正鳴秋滿腹離愁心自苦眼中珠淚落紛紛無端散作芭蕉雨。

○純玉復周生書

鳳月良宵雲雨幽夢鴛鴦配偶鳥凰和鳴妾兮妾兮

手錄自然

按公義責母氏不私情為書生

如此主張果硬果硬

如子何、子兮子兮、如良夜何。妾以此身付託于君、矣舍妾而去、妾何以為情哉。無可奈何花落去、不禁愁也。雁飛來、妾不覺淚滾滾而下矣。腸寸寸而斷矣。既囑婚姻、吾母倘有別議、妾必明請曰、先君指腹之時、必質諸天地鬼神、盟言具在、今母欲易盟、欺天耶、欺地耶、欺鬼神耶。母必欲改絃易調、見詩無珠沉璧碎耶、我心匪席不可卷也、我心匪石不可轉也。君謂我硬主張、若主張此耳、但自茲一別、參商兩方、雲山萬

秋鴻戶外
征者爲兩
中秋可爲
此詞一評

紫玉誠能
回母氏之
天矣然必
吞吞者
天乃孤回
母氏之天

重寸心千里，聊賦短章，以志離別之感（）妾望君兮水隔水。君望妾兮山隔山。惟有夢中情更切。不辭山水接君顏，枕邊夢去。心亦去。醒後夢還。心不還。而今無限相思淚。滴滴相思書信聞。

莫儻之以亂若麻，竟潔玉之以堅如鐵者。亂若麻，或不能擄佳人之志；堅如鐵，豈不能回母氏之天。此不以始而兄妹，終而家室者

蕭宋情好

郎從馬上盼佳人，又之花間閱才子，屋綠正在此處

人去矣，又傳以眼角之情，想殺人也

蕭和，楚人，少年才子也。訪友歸，路經宋氏名園，馬上凝盼，見宋女圭娘獨立花下，止隔一牆。生望見圭娘才貌，勒馬少停。圭娘亦偷眼覷之。生謂圭娘曰：手中海棠，見求一枝。圭娘擲與之。生嘆曰：此花不似解語花也。嗟圭娘圭娘詈曰：輕薄子。生羞而行。及回顧，見圭娘又傳以眼角之情，不勝快快。因商于媒婆陳媽，議聘之。陳媽與之通家信，後果諧合成婚之私爲

○蕭生與圭娘書

歸溪不情所謂海花水面皆文章者是已

不向高堂問夕母先來錦帳開佳人佳人肯偽爲堂不肯奈何

肅和頓首宋芳卿妝次〻曩者爲探春色、涉馬上歸、不意見芳卿于海棠花下、芳卿不惜一枝贈、何幸哉、不意又蒙譴責生、愧死矣、因覘闈見芳卿笑而顧我、豈爲生者、又憐生耶、生素聞淑質、才高謝韞謝安之女、貌賽王嬙王昭君也、誠女之魁、邦之媛也美女曰媛、生欲結以終身之緣、特假冰言媒人、爲諧秦晉、第不知令椿君肯首否、令萱堂肯首否、又不知錦帳佳人亦肯首否、先修尺素書札、爲布寸丹寸丹心也、倘得銀。。。。漢武帝曰若得阿嬌當以金屋貯之河渡織女、還將金屋貯嬋娟、芳卿以爲何如

此書題跡之後、繫之而又繫之、卿之總是情、筆有情人、後此有情濃相箸、無然豈不謂無情、却為有情惱乎

○圭娘復蕭生書

賤妾圭娘歛袵拜復蕭太史臺下、前者見君于馬上、妾從花間窺之、以為君讀書君子也、擲花枝相瞻。亦以為君讀書君子也、乃讀書君子、而有讒言、妾遂以怒之、君豈讀書君子哉、雖然君正讀書君子也、雲程萬里、鷚鷹鵬翔、捎月扶搖、前程未可量者、妾且愛之慕之、第所議婚姻當門之家、君告之家毋、今乃與妾言、君又非讀書之君子哉、然此無甚害也、惟靜

思之婚姻事屬之天非屬之人天而使合乎則赤繩一繫淑女須配君子天而不使合乎則錦帳無緣（唐詩○侯門一入深如海○從此蕭郎是路人○）從此蕭郎是路人耳妾又何言嗟讓

相見時似無情有情傳書時似有情無情情而不情不情而情大都盡是情也不能不以有鸞之乘鳳之踪哉

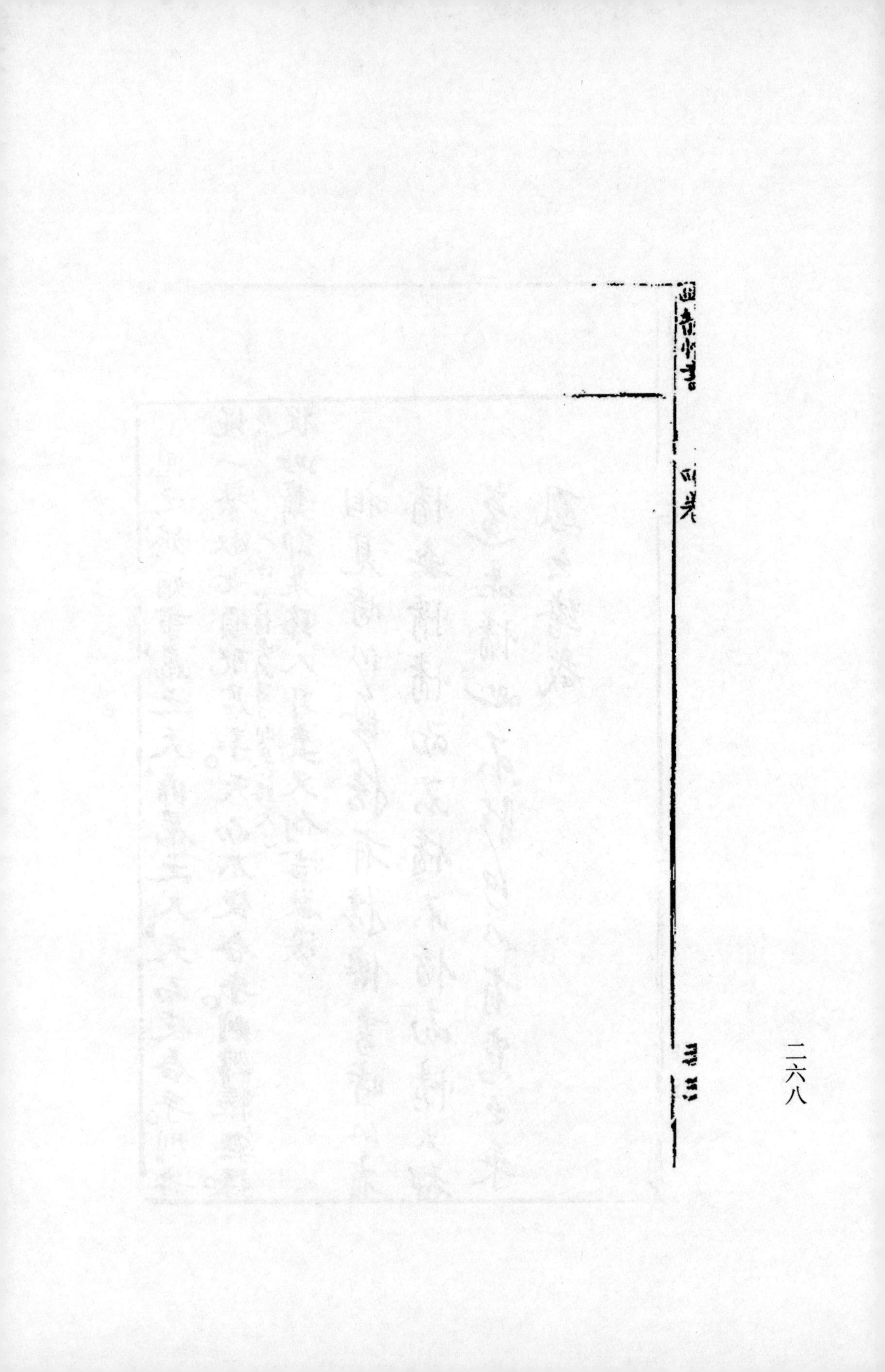

孤鴻有怨牽人恨双鯉
無書惱客懷

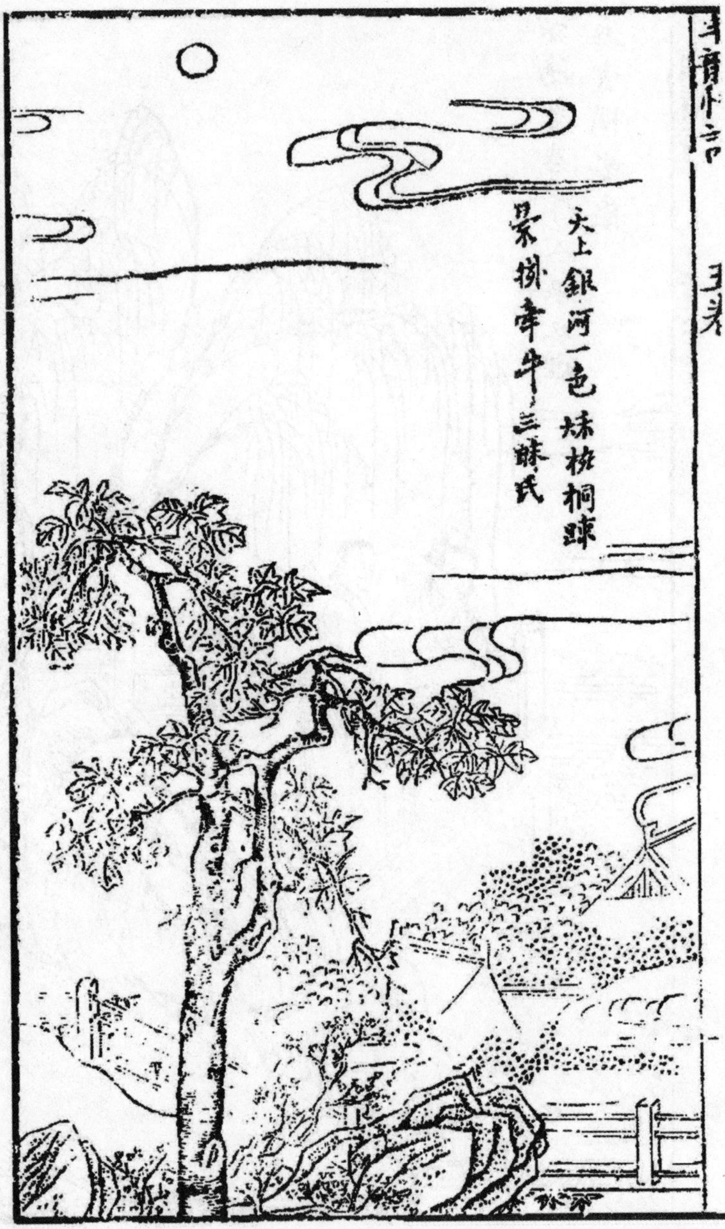
天上銀河一色
景樹牽牛 三昧氏

春寒花睡，頻雨含鳥。殺凄句為此評

附詩餘風韻情詞卷五

豫章 竹溪主人 纂選
南陽居士 評閱
柳耆卿

春景

西江月（春日）

鳳額繡簾高捲。獸簷朱戶頻搖。兩竿紅日上花稍。春睡厭厭（平淡）難覺。（奇致）好夢往隨飛絮，閒愁濃勝香醪（濁酒曰醪）。不成雨暮與雲朝。又是韶光過了。

憶秦娥（春思）

康伯可

風落花殘
春寒服薄
閨閣憂思
難爲情者

悠揚慢悅
之作自是
有情

春寂寞長安古道東風惡東風惡臙脂满地杏花零落臂銷不柰黄金約天寒尚怯春衫薄春衫薄不禁珠淚爲君彈却

（平声）

謁金門（春思）　俞克成

愁脉脉目斷江南江北煙樹重重芳信隔小樓山幾尺細草孤雲何日一向弄晴天色簾外落花飛不得東風無氣力

玉蝴蝶（春思）　晁叔用

無限幽思無限情況尚施秋色過衡陽一詩衡破層齊貂

情隨事遷感慨系之故下筆有

目斷江南千里，灞橋一望，煙水微茫，盡鎖重門人去。暗暗流光雨輕〻，梨花院落風淡〻，柳絮池塘恨偏長。佩沉湘浦，雲散高唐（巫山作高唐道）〇清狂重來一夢，手搓梅子，煑酒新嘗，寂寞春光，小橋依舊燕飛忙，玉鈎欄凭多漸煖。金縷枕，別久猶香，最難忘〻，看花南陌，待月西廂。

殺〻慢　春思　俞克成

簾移碎影，香襯衣襟，舊家庭院嫩苔侵，東風過盡暮雲鎖，綠牕深，怕對人閑枕剩衾〇樓底輕烟，春信斷，

此詞云

清新典雅佳態動人濺水清向寒潭清烟光疑而暮山紫可爲此評

怯登臨斷腸魂夢兩沉沉花飛水遠便從今莫追尋又怎禁驀地上心

江城子　春思　謝無逸

杏花村館酒旗風水溶溶颺（音漾）殘紅野渡舟橫楊柳綠陰濃望斷江南山色遠人不見草連空○夕陽樓外晚烟籠粉香融淡眉峯記得當時相見畫屏中只有關山今夜月千里外素光同

鷓鴣天　春閨　秦少游

洒〻落〻之語〻處〻宛〻之意〻具見此詞

園花春色鬭庭草雨漸青

怯上流鶯和淚聞新啼痕間舊啼痕一春魚鳥無消
息千里關山勞夢魂無一語對芳樽安排腸斷到
黃昏甫能炙得燈兒了雨打梨花深閉門

倦尋芳（春閨）　蘇養直

獸鐶半掩鴛甃無塵庭院瀟灑樹色沉沉春盡燕嬌
鶯姹（自作嬌姹）蔓草池塘青漸滿海棠軒檻紅相亞聽簫聲記
秦樓夜約彩鸞齊跨漸迤邐（遠處）更催銀箭何處貪歡
猶繫嬌馬旋剪燈花兩點翠眉誰畫香滅羞回空帳

半牕紅日晚千里白雲孤偏是動人愁思

推手一般一路一花暢大東動人

裏日高猶　重簾下悵踈狂待歸來揉碎花兒打

浣溪紗（春閨）　張子野

錦帳重重捲暮霞屏風曲曲鬬紅芽恨人何事苦離家○枕上夢魂飛不去覺來紅日又西斜滿庭芳草襯殘花

菩薩蠻（春閨）

南園滿地堆輕絮愁聞一霎清明雨雨後却斜陽杏花零亂香○無言勻睡臉枕上屏山掩時節欲黃昏

一枕雖攲鶯夢覺半牕月影伴人愁

倩秋江上笛一弄使人愁

無聊獨倚門。

桃源憶故人　春閨　秦少游

碧紗影弄東風曉、一夜海棠開了。枝上數聲啼鳥。粧點知多少。妒雨恨雲腰肢裊。眉黛不堪重掃。薄倖不來春老。羞帶宜男草（萱草）。

踏莎行　春閨　寇平叔

春色將闌鶯聲漸老、紅英落盡青梅小。畫堂人靜雨濛濛。屏山半捲餘香裊。密約沉沉、離情杳杳。菱花

鶯敲巧囀西園曉鳴動離人千種愁

壓滿簾櫳相照。倚欄杆無語欲銷魂。長空黯淡連芳草。

小重山（春閨）

西園風暖落花時。綠陰鶯亂啼。倚欄無語惜芳菲。絮飛。蝴蝶飛。○緣底事。減腰圍。遣愁了著眉。波連春渚暮天垂。燕歸。人未歸。

前布春閨之景後寫婦人之情

點絳唇（春閨）

鶯踏花翻。亂紅堆徑無人掃。杜鵑來了。梅子枝頭小。○撥盡琵琶。總是相思調。知音少。暗傷懷抱。門掩青

值此春光而懷人莫晤不能不戚戚也

洞徹閨思隱然可見

春老

長相思　春閨　馮延巳

紅滿枝。綠滿枝。宿雨厭厭睡起遲。閑庭花影移。憶歸期。數歸期。夢見雖多相見稀。相逢知幾時

醉春風　春閨　趙德仁

陌上清明近。行人難借問。風流何處不歸來。悶。悶。悶。回雁峯前。戲魚波上。試問芳信。夜永蘭膏燼。春睡何曾穩。枕邊珠淚幾時乾。恨。恨。恨。惟有窗前。過來明

（此詞如昭君撥琵琶，怨声迭出）

月照人方寸。

點絳唇（春閨）　何籀

春雨濛濛，淡烟深鎖垂楊院。煖風輕扇，落盡梅花片。薄倖不來，前事思量遍。無由見，淚痕如線，界破殘粧面。

（孫夫人此詞女中之蘇學士，他人不能也）

南鄉子（閨情）　孫夫人

曉日壓重簷，斗帳春寒暮雨纖。天氣困人梳洗懶，眉尖，淚盡春（舊批）山不用添。閑把繡絲撏，認得金針又倒

泣鱗悲鳳之詞讀之不覺愴然

寫孤鳳悽句是愁人

拈、陌上遊人歸也未厭厭、滿院楊花不捲簾、

卜算子（春愁）　徐師川

胸中千種愁掛在斜陽樹綠葉陰陰自得春草滿鶯啼處不見凌波步空想如簧語門外重重疊疊山遮不斷愁來路

錦堂春（春意）　趙德麟

樓上縈簾弱絮牆頭礙月低花年年春事關心事腸斷欲棲鴉舞鏡鸞衾翠減啼珠銀蠟紅斜重門不

悠揚而又悽切所謂風輕蝴蝶舞山靜鵓鴣啼

此詞較之于前更覺百尺竿頭進前一步

鎖。相思。夢隨意。繞天涯。

畫堂春　春愁　　徐師川

落紅鋪徑水平池、弄晴小雨霏霏、杏花憔悴杜鵑啼。無奈春歸。○柳外畫樓獨上、凭闌手撚花枝、看花無語對斜暉、此恨誰知、

畫堂春　春愁　　秦少游

東風吹柳日初長、雨餘芳草斜陽。杏花零落燕泥香。睡損紅粧、○香篆暗消鸞鳳、畫屏縈繞瀟湘、暮寒輕

晏公此詞雖〻鶯声枝外囀着

筆之有花腸之悉錦乃有此詞

透薄羅裳無限思量。

採春令（春恨）　晏叔原

綠楊枝上曉鶯啼，報融和天氣，被數聲吹入紗窗裡，又驚起嬌娥睡○綠雲斜嚲金釵墜，惹芳心如醉，為少年濕了，鮫綃帕上，都是相思淚○

蝶戀花（春恨）　趙德麟

捲絮風頭寒欲盡，飄香日〻紅成陣，新酒又添殘酒困○今春不減前春恨○蝶去鶯來無處問，隔水樓高

春光易近人生幾何恐欲高飲良有以也

詞蕭殺如訴鳴〻響此詞便是

望斷雙魚信。惱亂橫秋波、一寸斜陽、只與黃昏近。

玉樓春（春恨）　錢思公

城上風光鶯語亂、城下烟波春拍岸。綠楊芳草幾時休、淚眼愁腸先已斷。情懷漸覺成衰晚、鸞鏡朱顏驚暗換。昔年多病厭芳樽、今日芳樽惟恐淺。

謁金門（春恨）　常莊

空相憶、無計與傳消息。天上嫦娥人不識、寄書何處覓。春睡覺來無力、不忍把伊書跡。滿院落花春寂

天晴人事具見此詞露桃嗔風柳妬之語尤見新奇

滿腔愁思一片宮商

寂、斷腸芳草碧、

玉樓春　春思　謝無逸

弄晴數點梨花雨、門外畫橋寒食路、杜鵑飛破草間煙、蛺蝶惹殘花底露。東君着意憐樊素、一段韶華天付與。粧成不愛露桃嗔、舞羅從教風柳妬。

驀山谿　春思　張東父

青梅如豆、斷送春歸去。小綠間長紅、看幾處、雲歡柳舞。猥花識面、對月共論心、携素手、採香遊、踏遍西池

末三句無限感愴意

王元澤此詞樂府中之白眉，後雖平甫有繼者

路。水邊朱戶，曾記銷魂處。小立背鞦韆，空悵望娉婷韻度。楊花撲面，香糁一簾風。情脈脈，酒厭厭，回首斜陽暮。

眼兒媚（春思）　王元澤

絲絲楊柳弄輕柔，煙縷織成愁。海棠未雨，梨花先雪，一半春休。而今往事難重省，歸夢繞秦樓。相思只在，丁香枝上，荳蔻梢頭。

眼兒媚（春愁）　秦少游

昭君弄琵琶，寫出許多愁恨、

樓上黃昏杏苑寒、斜月小欄杆、一雙燕子、兩行歸鴈、畫角聲殘。倚牕人在東風裡、無語對春閑、也應似舊、盈盈秋水、淡淡春山。（指眼）（指眉）

對景傷春，而言斷送一生最為悲切

清平樂　（春愁）　趙德麟

春風依舊、著意隋堤柳、搓得鵞兒黃欲就、天氣清明時候、去年紫陌青門、今宵雨魄雲魂、斷送一生憔悴、只消幾個黃昏。

蝶戀花　（春恨）　秦少游

怨思弥切吾不意傷春者若此

此一篇可名之曰傷春賦

数日蘭閨增懊惱倦啟紗牕恨壓春山小薄倖不來音問杳為伊常自傷懷抱○幾度尋思空自討記過當時密約成歡好為報風流重绝倒莫教望斷王孫草○

蘇幕遮 閨思

劉勝

恨毬花憎柳絮何事春來浪逐東風去邂逅從君花下語無那情癡魂夢偏傾注○楚臺風巫峽雨暮暮朝朝無計重相遇靜處偷彈雙玉筋哭我多情番為

思思深深，愁中流出，古詞說哀，情中來來。

薄情人悵，有情人好。

多情悵

祝英臺　閨思　吳淑姬

粉痕銷、音信斷、好夢又無據、病酒無聊、欹枕聽寒雨、斷腸曲ミ屏山、溫ミ沉水、畫是舊看承人處〇久離阻、誰念一點芳心、閑愁知幾許、偷照菱花、消瘦自羞覷、可堪梅子黃時、楊花飛盡、亂鶯鬧、催春歸去

卜算子　閨情　李盈盈

春寒翡翠孤、夜永金猊盡、薄情人悵有情人、逗滑憎

有約不來過夜半消遣人可

海棠二語巧思巧句詞家玄妙筆也

韋引、○我約秖憑伊、你約端無準、縱使明朝另有期、此際情難忍、

王連環　送別情人　陳鳳儀

蜀江春色濃如霧、擁雙旌歸去、海棠也似別君難、一點點啼紅雨○此去馬蹄何處、沙堤新路、禁林賜宴賞花時、還記得西樓未

太常引　閨思　劉燕歆

故人別我出陽關、無計鎖雕鞍、今古別離難、兀誰盡

惆悵不勝
十分幽怨

蛾眉淡遠山、一尊別酒。一聲杜宇。寂寞又春殘。明月小欄閒第淚珠點點輕彈。

千愁引　閨思　劉桂紅

無限衷情
悲悲切切
宋玉難賦

數盡鶯期、重尋燕侶、誰信明河隔牛女、君情尚懷交（鄭交甫遇仙女臨別）甫佩。儂心敢忘藍橋（裴航事見前）杵。算佳期經幾許、○無奈情緣要齟齬、無奈歡娛成間阻、恨殺難逢伊共語、今宵冷。秦樓月明朝好逐陽臺雨、。訴衷情、杯重舉、

柳梢青　春恨　秦少游

參次淺率逞弄出離情多少

霧失樓臺月迷津渡桃源望斷無尋處可堪孤館閉春寒杜鵑聲裏斜陽暮○驛寄梅花魚傳尺素砌成此恨無重數郴江幸自遶郴山為誰流下瀟湘去

一片傷春情緒然春之去若恨人之未歸也奇思雅語妙甚

鳳凰閣 傷春 葉道卿

遍園林綠暗渾如翠幄下無一點是花學可恨狂風橫雨忒殺情薄盡底把韶華送却○柳花無柰是處穿簾透幕豈知人意正蕭索春去也這般愁沒處安著怎奈向黃昏院落○

此詞佳處可愛一句句抓鳴悲落日一字字啼鳥怨春風讀之令人愴神

燭影搖紅　春思　孫夫人

乳燕穿簾，亂鶯啼樹清明近。隔簾將度柳花飛猶覺寒成陣。長記眉峰偷隱，臉桃紅難藏，酒暈背人微笑，半彈鸞釵，輕籠蟬鬢。◎別久離多，眼應不似當時俊。蒲庭珠翠遲春嬌，沒個他丰韻。若見賓鴻試問，待相將綠牋寄恨，幾時得見，鬪草歸來雙鴛微潤。

謁金門　春恨　韋莊

春雨足。染就一溪新綠。柳外飛來雙羽玉（白鷺）。弄晴相對

寸心千里目句甚妙

渾是怨憶之詞觀者不勝淒惋

落○樓外、翠簾高軸倚遍欄杆幾曲○雲淡水平烟樹簇、寸心千里目○

蝶戀花 春思 趙德麟

欲減羅衣寒未去、不捲珠簾、人在深深處、紅杏枝頭花幾許、啼痕止恨清明雨○盡日水沉香、一縷宿酒醒遲惱破春情緒、飛燕又將歸信誤小屏風上西江路○

風流子 春恨 秦少游

宋玉閑愁江郎別恨更浮李黃蓮才華乃有此調

卜算子之詞頗衆此調為最

東風吹碧草年華換行客老滄洲見梅吐舊英柳搖新綠惱人春色還上枝頭寸心亂北隨雲黯黯東逐水悠悠○青門同攜手前歡記渾似夢裡揚州誰念斷腸南陌回首西樓算天長地久有時盡奈何綿綿此恨無休擬將情人說與生怕伊愁

卜算子　（春思）　秦少游

春透水波明寒峭花枝瘦極目烟中百尺樓人在樓中否○四和裊金鳧雙陸思纖手擬倩東風流此情

人安楚天俱遠非尋常口吻

濃豔如春鶯柳梢一囀嚦嚦可人

情。更濃如酒。

如夢令　春恨　晏叔原

樓外殘陽紅滿、春入柳條將半、桃李不禁風、回首落英何限、腸斷腸斷。人共楚天俱遠。

驀山溪　春情　易彥祥

海棠枝上、留得嬌鶯語、雙燕幾時來、並飛入東風院宇、夢回芳草、綠遍舊池塘、梨花雪、桃花雨、畢竟春誰主。○東郊拾翠、襟袖沾飛絮、寶馬趁雕輪、亂紅中香

以淒楚之景寫淒楚之懷不盡餘思無窮 丰韻

塵滿路十千、酒相與買春閑吳姬唱秦娥舞拚醉青樓暮、

蝶戀花 懷舊 俞克成

夢斷池塘驚乍曉、百舌無端。故作枝頭鬧。報道不禁寒料峭、未教舒展閑花草。○盡目無處人不到老去情踈底事傷春瘦相對一樽歸計早玉山不賦巫山好。

柳梢青 春恨 秦少游

對景物而懷人有不盡餘思

少游此詞乃滄海且明珠有淚藍田日暖玉生烟者

岸草平沙，吳王故苑，柳裊煙斜。雨後寒輕，風前香春在梨花。行人一棹天涯，酒醒處、殘陽亂鴉。門鞦韆，墻頭紅粉，深院誰家。

千秋歲（春思）　　秦少游

柳邊沙外，城郭輕寒退。花影亂，鶯聲碎。飄零疎酒盞，離別寬衣帶。人不見，碧雲暮合空相對。憶昔西池會，鵷鷺同飛蓋。日邊清夢斷，鏡裏朱顏改。春去也，落紅萬點愁如海。

即景寫情懷人寄恨一行雁淚楚天秋百轉鶯啼吳苑曉總是惱人音韻

詞簡而意深妙作

魚遊春水　春思　阮逸女

秦楼東風裏、燕子還来尋舊壘。餘寒猶峭、紅日薄侵羅綺。嫩草方抽碧玉茵、媚柳輕拂黄金縷。鶯囀上林、魚遊春水。幾曲闌干遍倚、又是一番新桃李。佳人應怪歸遲、梅粧淚洗。鳳簫聲絕沉孤雁、望斷湘波無雙鯉。雲山萬重、寸心千里。

憶王孫　春思　秦少游

萋萋芳草憶王孫。柳外楼高空斷魂。杜宇聲聲不忍

一字一字如明珠走盤，大是奇絕

聞欲黃昏，雨打梨花深閉門。

如夢令　春思　秦少游

門外綠陰千頃，兩兩黃鸝相應。睡起不勝（平聲）情，行到碧梧金井，人靜人靜，風弄一枝花影。

愁如吳山遠，恨似楚天長

玉樓春　春恨　晏同叔

綠楊芳草長亭路，年少拋人容易去。樓頭殘夢五更鐘，花底離愁三月雨。無情不似多情苦，一寸還成千萬縷。天涯地角有窮時，只有相思無盡處。

宛轉有情淒清多味寶瑟穀傳明月含颸瀟音絕綵雲空可為此鄉

咳唾落九天隨風生

帝臺春　春思　周美成

芳草碧色萋萋遍南陌飛絮亂紅也似知人春愁無
力憶得盈盈拾翠侶共攜賞鳳城寒食到今來海角
逢春天涯行客○愁旋釋（夫缺）還似織淚暗拭又偷滴謾
遍倚危欄儘黃昏也只是暮雲凝碧拚則而今已拚
了忘則怎生便忘得又還問鱗鴻（魚雁傳書）試重尋消息

如夢令　秦少游

鶯嘴啄花紅溜燕尾點波綠皺指冷玉笙寒吹徹小

珠玉吹[?]佩是也

春事闌珊正是愁入之境

無可奈何一聯思入窅[?]窕[?]

[illegible]

樓春透。依舊依舊人與綠楊俱瘦。

浣溪紗　春恨　李　景

手捲珠簾上玉鉤，依前春恨鎖重樓。風裡落花誰是主，思悠悠。青鳥不傳雲外信，丁香空結雨中愁。回首綠波三峽暮，接天流。

浣溪紗　春恨　李　景

一曲新詞一酒杯，去年天氣舊亭臺。夕陽西下幾時回。無可奈何花落去，似曾相識燕歸來。小園香徑

莊麟舌端弄出春愁一段

感旧之作許餘十數餘無惟此作么首

獨徘徊。

小重山　宮詞　韋莊

一閉昭陽（宮名）春又春。夜寒宮漏永。夢君恩。卧思陳事暗銷魂。羅衣濕。紅袂有啼痕。歌吹（去聲）隔重閽（門也）。遶庭芳草綠。倚長門。萬般惆悵向誰論（平聲）。宮殿欲黃昏。

蝶戀花　感舊　李後主

春花秋月何時了。往事知多少。小樓昨夜又東風。故國不堪回首月明中。雕闌玉砌應猶在。只是朱顏

隔墻送過鞦韆影張三、影者還以此句為最

半篙春水滑、一段夕陽愁好對代語

改、問君都有幾多愁、恰似一江春水向東流

青門引 懷舊 張子野

乍煖還輕冷、風雨晚來方定。小軒寂寞近清明、殘花中酒又是去年病。樓頭畫角風吹醒、入夜重門靜、那堪更被明月、隔墻送過鞦韆影

臨江仙 春暮

綠暗汀洲三月暮、落花風靜帆收、垂楊低映木蘭舟、半篙春水滑、一段夕陽愁。灞水橋東回首處、美人

行雲飛夢對之有情

謝公此詞乃謂草色侵堦綠櫪花陽岸紅

親上簾鉤。青鸞無計入紅樓。行雲歸楚岫。飛夢到揚州。

右春景凡八十餘詞悉述衷情之作

夏景

臨江仙　夏景　謝無逸

池外輕雷池上雨。殘滴碎花籔。小樓高處斷虹明。欄杆倚處。待淂月華生。燕子飛來窺畫棟。玉鉤垂下簾旌。涼波不動簟紋平。水晶雙枕。傍有墮釵痕。

前篇思瀟洒清遠無一點俗塵氣

對景懷人煉出一篇佳思

阮郎歸　夏景　　蘇東坡

綠槐高柳咽新蟬。薰風初入絃。碧紗窓下水沉烟。棋聲驚晝眠。微雨過。小荷翻。榴花開欲燃。玉盆纖手弄清泉。瓊珠碎又圓。

千秋歲　夏景　　謝無逸

練花飄砌。簌簌清香細。梅雨過。蘋風起。情隨湘水遠。夢繞吳峰翠。琴書倦。鷓鴣喚起南窓睡。密意無人寄。幽恨憑誰洗。修竹畔。疎簾裏。歌餘塵拂扇。舞罷風

此詞有手韻有趣味賦別之情懷入之恨具流出心脾流鶯花外轉哀鴈月中鳴者也

掀袂人散後，一鉤淡月天如水。

滿江紅　憶舊　張安國

斗帳高眠，寒窗靜、瀟瀟雨。意南樓近，更移三鼓，漏傳一水。點點不移楊柳外，蔽蔽只在芭蕉裏。也不管滴破故鄉心，愁人耳。無似有，遊絲細。聚復散，真珠碎。天應分付與，別離滋味。破我一牀蝴蝶夢，輸他雙枕鴛鴦睡。向此際，別有好思量，人千里。

柳稍青　懷舊　周美成

此詞語意，詩謂夜半月高絃索鳴者

怨紅愁綠之語，妙入心經

有個人人，海棠標韻，飛燕輕盈。酒暈潮紅，羞蛾凝綠，一笑生春。為伊無限傷心，更說甚巫山楚雲。斗帳香銷，紗窗月冷，着意溫存。

憶秦娥　佳人　蘇子瞻

香馥馥，樽前有個人如玉。人如玉，翠翹金鳳，內家粧束。嬌羞愛把眉兒蹙，逢人只唱相思曲。相思曲，一聲聲聲不怨紅愁綠。

意難忘　佳人　周美成

奈箏般宛囀楚齒韻與請

描寫閨中情思殆盡

衣染鶯黃、愛停歌駐拍、勸酒持觴、低鬟蟬影動、私語口脂香。簷露滴、竹松凉、拚劇飲淋浪、夜漸深、籠燈就月、子細端相。○知音見說無雙、解移宮換羽、未怕周（周郎善音律誤刪去識語）郎（云曲有誤周郎顧）、長顰知有恨、貪耍不成妝、些個事、惱人腸。試說與何妨、恐伊尋消問息、瘦減容光。

憶秦娥　閨情　黃魯直

花深深、一鈎羅襪行花陰、行花陰、閒將柳帶、試結同心。○耳邊消息空沉沉、畫眉樓上愁登臨、愁登臨、海

叙別離之情致屬望之意淋漓詩人渾厚和平之雅

無奈汴水之句妙甚

棠判後望到而今

風中柳　閨情　　孫夫人

銷減芳容端的為郎煩惱鬓慵梳宫粧草草別離情緒待歸來都告怕傷郎又還休道（）利鎖名韁幾阻當年歡笑更那堪鱗鴻信杳蟾折高枝願從今須早莫辜負鏡中人老

虞美人　離別　　蘇東坡

波深珀枕長淮曉隙月窺人小無情汴水自東流只

別酒多於淚語有趣

此詞似愁非怨不感而感大有也韻

載。一船離恨向西州。○竹溪花圃曾同醉。別酒多於淚。誰教風鑑（備云卜筮）在塵埃。醞釀一場煩惱送人來。

右夏景凡二十餘詞悉係衷情之作

秋景

虞美人　秋閨　秦少游

碧雲寥廓（畫也）。倚闌悵望情離索。悲秋自怯羅衣薄。曉鏡空懸。懶把青絲（指髮）掠。○江山滿眼今非昨。紛紛木葉風中落。別巢燕子辭簾幕。有意東君故把紅絲（姚玉真以紅絲繫燕足）縛。

此詞極悲，啼極黯切，極平顯洞，蕭蕭如訴，嗚嗚咽此一語尤可為評

花心動　閨情　謝無逸

風裡楊花輕薄性，銀燭高燒心熱。香餌懸鉤，魚不輕吞，輩負釣兒虛設。桑蠶到老絲長絆，針刺眼淚流成血。思量起，拈枝花朵，果兒難結。〇海樣情深忍撇，似夢裡相逢，不勝歡悅。出水雙蓮，摘取一枝，可惜並頭分折。猛期月滿會姮娥，誰知是初生新月。折翼鳥甚是于飛時節。

鵲橋仙　七夕　謝勉中

烏鵲到人間二句無中生有大有佳趣

東坡此詞不是尋常口吻人謂蘇仙信然

鈎簾借月、染雲爲幌、花貌玉枝交映、涼生河漢。一天秋間此會今宵孰勝、○銅壺尚滴燭龍已駕淚浥西風不盡明朝烏鵲到人間試說向青樓薄倖

水調歌頭　中秋　蘇東坡

明月幾時有把酒問青天不知天上宮闕今夕（平謠）是何年、我欲乘風歸去惟恐瓊樓玉宇、高處不勝寒、起舞弄清影何似在人間○轉朱閣低綺戶、照無眠不應有恨何似長向別時圓人有悲歡離合月有陰晴圓

大有感慨 大有思致 至颼颼二句及休休語妙入三昧矣

缺、此事古難全、但願人長久、千里共嬋娟

南鄉子　重陽　蘇東坡

霜降水痕收、淺碧鱗鱗露遠洲、酒力漸消風力軟、颼颼、破帽多情卻戀頭○詩酒若為酬、但把清樽斷送秋、萬事到頭都是夢、休休、明日黃花蝶也愁

南柯子　感舊　增仲殊

十里青山遠、潮平路帶沙、數聲啼鳥怨年華、又是淒涼時候在天涯○白露收殘月、清風散曉霞、綠楊堤

即景懷人感慨之思湧出胸臆出情之作吾必以此為巨擘者

咏月之作詩餘不下

咋闌荷花記得年時沽酒那人家

御街行 秋思 范希文

紛紛墜葉飄香砌夜寂靜寒聲碎真珠簾捲玉樓深
天漢銀河垂地年年今夜月華如練長是人千里
愁腸已斷無由醉酒未到先成淚殘燈明滅枕頭欹
諳盡孤眠滋味都來此事眉間心上無計相迴避

念奴嬌 咏月 范元卿

尋常三五問今夕何夕嬋娟都勝天闊雲收崩浪净

十數唯此作瀟洒出塵表者入竅讀之令人踴躍

清逸悽惋之詞讀之洒洒

深碧琉璃千頃。銀漢無聲。（月也）冰輪直上。桂濕扶疏影。綠巾玉塵（拂也）庾樓無限清興。（庾亮登南樓賞月）誰念江海飄零不堪回首。驚鵲南枝冷。萬點蒼山何處是。修竹吾廬三逕。香霧雲鬟清輝玉臂。醉了愁重醒。參橫斗轉。轆轤（轆轤井上汲水圓輪）聲已斷金井。

長相思　秋懷　黃叔暘

天悠悠。水悠悠。月映金樞（星名）曉未收。砧聲人倚樓。蘆花秋。蓼花秋。催得吳霜點鬢稠。香箋莫寄愁。

貴金鑛中賜出相思淚白玉捲袂掾出相思心

末句有情緻妙甚

瓜茉莉　秋思　柳耆卿

每到秋來，轉添甚况味。金風動、冷清清地。殘蟬噪晚，甚聒得人心欲碎。更休道宋玉多愁，石人也須下淚。○衾寒枕冷夜迢迢，更無寐。深院靜、月明風細。巴望眼怎生捱，更迢遞。料我兒只在枕頭根底，等人睡來夢裡。

南鄉子　秋懷　周美成

夜闌夢難收，宋玉多情我結儔。千點漏聲萬點淚愁

此詞有無限感慨

王嬙撫琵琶寫愁不過爾々

宛轉淒愴末二句含不盡愁意

戀、霜月鷄聲幾段愁○難展斂眉頭、怨句哀吟送客秋、聽徹麻頭調夜曲、啾々又聽驚入鴈過樓○

長相思　秋懷　秦少游

西風颼、北風颼、木落淮南天際頭、相思人倚樓○朝凝眸、暮凝眸、江水消々不斷流、離人愁上愁

卜算子　秋閨　周美成

砌下亂蛩吟、樓外孤鴻唳、夜對寒燈夢不成、幽恨憑誰語、○望斷木蘭舟、不見梅花使、幾度登樓懶下樓○

一句一句天際征鴻排陣一字一字蒼前識馬敲秋詞中之子都者也

煙。鎖。吳。山。翠。

步蟾宮　閨怨　謝無逸

遠迢〻流水無槎、長一蔟峪嵯。短一蔟峪嵯。雨淒風冷損秋華。打一樹蓉花。飄一樹蓉花、心病也、意兒慵對一霎熄紗倚。一霎颸紗、情重也。淚兒揩。見一陣歸鴉。數一陣歸鴉。憑黃昏燃幞重遮。念一會天涯、想一會天涯。

青玉案　閨怨　周美成

此詞愁蓄
情潤無限
淒切

舊愁似太
行山隱隱
新愁似天
塹水悠悠

孤燈夜雨空把青年誤樓外青山無數隔不斷新愁來路樂事于今半已虛陽臺有夢歡難做聽鴈陣號雲蛩聲泣雨寂寞瑣牕難度

悴蓬萊　秋旅　張宗端

梧桐細雨漸滴作秋聲被風攪碎潤逼衣篝細裊薰爐沉水悠悠歲月天涯醉一分秋一分憔悴紫簫吹斷素牋恨切夜寒鴻起又何苦淒涼客裡草堂春綠竹溪翠落葉西風吹老幾番塵世從前諳盡江湖

巫峽愁雲
蹟々湘江
恨水悠々

彭澤曉烟
迷翠黛滿

味聽商歌歸興千里露侵宿酒疏簾淡月照人無寐

桂枝香　秋懷

月皎驚烏棲不定更漏將殘轆轤牽金井喚起兩眸清炯炯淚花落枕紅綿冷執手霜風吹鬢影去意徬徨別語愁難聽樓上闌干橫斗柄露寒人遠雞冷

蕙蘭芳引　秋懷　周美成

寒瑩晚空點青鏡斷霞孤鶩（野鴨）對客館深扃霜草未衰

深夜雨滴，愁難自是，惱人情況。

更緣、儂遷蹤旅、但愛繞阿嬌金屋、想故人別後、盡日空疑風竹、（刻畫風動竹疑是故人來）塞北攙鎗。江南圖障。（上段）是處溫嫻。更花管雲牋、猶寫寄情舊曲。音塵迢遞、但勞遠目、今夜長遙衾枕單人獨、

夢中寄怨，鏡裡孤愁，無非愁怨。

長相思　秋懷　黃叔陽

蘆花秋，蓼花秋，白雁翔翔天際頭，哀鳴渾是愁。○憶梁州，念梁州，山外斜陽柳外樓，恨人長遠遊。

鷓鴣天　秋思　辛幼姿

宛轉有情瀟洒可味

一字ゝ是愁秋情思一句ゝ是恨人愁恨

桃葉溪堂冷欲秋斷雲依水晚來收紅蓮相倚深如怨白鳥無言定自愁○無限事不勝（平殺）愁那堪魚雁兩悠悠秋懷不識知多少但覺新來懶上樓

風流子　秋思　張文潛

亭皋木葉下重陽近又是擣衣秋奈愁入庾（庾信○愁賦○）腸老侵潘（潘岳○七髮○蕭咏○）鬢謾簪黃菊花也應羞楚天晚白蘋紅蓼開遍汀洲芳草有情夕陽無語雁橫南浦人倚西樓○玉容知安否香牋共錦字兩處悠悠空恨碧雲離合青鳥

前段寫秋景之淸曠有何人處後段述出閑之寂寞見愁人遽

汀浮、何風前懊惱、芳心一。點、寸眉兩葉禁甚閑愁。情到不堪言處、分付東流。

霜葉飛　秋思　周美成

露迷衰草。疏星掛、涼蟾低下林表。素娥青女鬬嬋娟。正倍添淒悄。漸颯颯丹楓撼曉。橫天雲浪魚鱗小。見皓月相看、又透入清輝半餉、特地留照。迢遞望極關山、波穿千里、度日如歲誰到。鳳樓今夜聽西風、奈五更愁抱。想玉匣哀絃閉了、無心重理相思調。念故

范希文作漁家傲數闋以見守邊之苦永叔嘗呼為窮塞主之詞似過

憶秦娥之詞數闋惟

人牽離恨。屏掩孤鸞。淚流多少。

漁家傲　征戍　范希文

塞下秋來風景異、衡陽鴈去無留意。四面邊聲連角起、千嶂裏長烟落日孤城閉。濁酒一杯家萬里、燕然未勒歸無計。羌管悠悠霜滿地。人不寐、將軍白髮征夫淚。

憶秦娥　秋思　李太白

簫聲咽、秦娥夢斷秦樓月。秦樓月、年年柳色。灞陵傷

此清而切悲而壯當為首唱

古詩夜雨滴空階滴空階裡空階滴不入懷入愁人耳未向渾是此意

別樂遊原上清秋節咸陽古道音塵絕音塵絕西風殘照漢家宮闕

更漏子　秋思　溫庭筠

玉鑪香紅蠟淚偏照畫堂秋思眉翠薄鬢雲殘夜長衾枕寒梧桐樹三更雨不道離情正苦一葉葉一聲聲空階滴到明

玉蝴蝶　秋思　柳耆卿

望處雲收雨斷凭闌悄悄目送秋光晚景蕭疎堪動

用字新奇措辭精確用意微妙詞家之上乘也

布景生思因思得句可人處不在多言

宋玉悲凉水風輕蘋花漸老月露冷梧葉飄黃遣情傷故人何在煙水茫茫〇難忘文期酒會幾辜風月屢變星霜海闊天遥未知何處是瀟湘念雙魚難憑遠信指暮天空識歸航黯相望斷腸聲裡立盡斜陽

浣沙溪　秋思　李後主

菡萏香消翠葉殘西風愁起綠波間還與韶光共顦顇不堪看〇細雨夢迴雞塞遠小樓吹徹玉笙寒多少淚珠何限恨倚欄杆

三句語法攙成怨調閑雲宋騷鼓出愁詩一字字更長衙水一一敲敲衣寬帶鬆

千秋歲引　秋思　　王介甫

別館寒砧，孤城畫角，一派秋聲入寥廓。東歸燕從海上去，南來雁向沙頭落。楚臺風，庾樓月，（庾亮登南樓翫月）宛如昨。無奈被些名利縛，無奈被他情擔閣，可惜風流總閑却。當初謾留華表語，而今悞我秦樓約。夢闌時，酒醒後，思量著。

長相思　秋怨　　李後主

一重山，兩重山，山遠天高煙水寒，相思楓葉丹。菊

秋景撩人步詞慢吟字悽似孤鴈過南樓數聲哀怨湘江驚若聞者憐之

花開、菊花殘塞、外從征人未還。一簾風月閑。

金菊對芙蓉　秋怨　康伯可

梧葉飄黃、萬山空翠、斷雲流水爭輝、正金風西起、海燕東歸、憑欄不見南來鴈、望故人消息遲遲、木樨開後、不應悮我好景良時。只念獨守孤幃、把枕前嚼付、一旦分飛、上秦樓遊賞、酒嫦花迷、誰知別後相思苦、俏為伊瘦損香肌。花前月下黃昏院落、珠淚偷垂。

何滿子　秋怨　孫巨源

夜雨泣寒螿敲啾〻卿〻春風啼杜宇韻楚〻悽〻

有無限沉吟有無限寂寞

悵望浮生急景凄凉寶琴餘音楚客多情偏怨別碧山遠水登臨目送連天衰草夜闌幾處疎砧○黃葉無風自舞秋雲不雨長陰天若有情天亦老搖〻幽恨難禁惆悵舊歡如夢覺來無處追尋

小重山　秋閨　汪彥章

月下潮生紅蓼汀殘霞都斂盡四山青柳梢風急墮流螢隨波去點〻亂寒星○別語記丁寧如今能間隔幾長亭夜來秋氣入銀屏梧桐雨還恨不同聽

即景寫懷深見別離情況

少游二詞同一菩薩蠻之作同一虞美人之思

菩薩蠻　秋閨　秦少游

蛩聲泣露驚秋枕。羅幃淚濕鴛鴦錦。獨臥玉肌涼。殘更與漏長。陰風翻翠幌。雨洗燈花暗。畢竟不成眠。鴉啼金井寒。

菩薩蠻　秋閨　秦少游

金風簌簌驚黃葉。高樓影轉銀蟾匝。夢斷繡簾垂。月明烏鵲飛。新愁知幾許。却似絲千縷。雁已不堪聞。砧聲何處村。

此詞新清可愛，新如凝水芙蓉，清如帶雨楊柳。

點絳唇　秋閨　汪彥章

衰柳蟬嘶，棣蓬歌斷秋風起。晚雲如髻，湖上山橫翠。□簾捲西樓，過雨涼生袂。天如水，畫樓十二，有個人同倚。

悲懷重重，愁余恨恨，深宮之詞，倍覺悽楚。

臨江仙　宮詞　孝細安

金鎖重門荒苑静，倚牕愁對秋空。翠華一去寂無蹤。玉樓歌吹，斷已隨風。□煙月不知人事改，夜闌還照深宮。藕花相向野塘中。暗傷亡國，清露泣香紅。

芭蕉葉上無情雨滴半滴滴不恐聽

一剪梅　秋別　李易安

江藕香殘玉簟秋。輕解羅襦。獨上蘭舟。雲中誰寄錦書來。鴈字回時月滿西樓。○花自飄零水自流。一種相思。兩處閑愁。此情無計可消除。纔下眉頭。又上心頭。

眼前景物心上離思意中人最

雨淋鈴　秋別　柳耆卿

寒蟬凄切、對長庭晚、驟雨初歇、都来暢飲無緒、方畱戀處、蘭舟催發、執手相看、淚眼竟無語凝咽、念去去

前段入詞中別離之作此最為凄婉

千里煙波暮靄沉〻楚天闊多情自古傷離別更那堪冷落清秋節今宵酒醒何處楊柳岸曉風殘月此去經年應是好景良辰虛設便縱有千種風情更與何人說

希文此詞言口吟來信心寫出無限離情別況

蘇幕遮　懷舊　范希文

碧雲天黃花地秋色連波〻上寒煙翠山映斜陽天接水芳草無情更在斜陽外黯鄉魂追旅思夜〻除非好夢留人睡明月樓高休獨倚酒入愁腸化作

雨洗梨花淚痕有在風吹柳絮愁思成團易安此詞頗似之

相思類

鳳凰臺上憶吹簫　秋別　　李易安

香冷金猊、被翻紅浪、起來慵自梳頭、任寶奩塵滿日上簾鉤、生怕別離苦、多少事、欲說還休、新來事、非干病酒、不是悲秋、（）休休、這回去也、千萬遍陽關、也則難留。念武陵人遠、煙鎖秦樓、惟有樓前流水、應分殺終日凝眸、凝眸處、從今又添一段新愁。

長相思　錢塘憶舊　　白居易

此本蘊出之詞氣口吻

悲秋之作不感而感

此詞無限懷抱無限

汴水流泗水流〻到瓜洲古渡頭吳山點〻愁○思

悠〻恨悠〻恨到歸時方始休月明人倚樓

長相思　秋思　　万俟雅言

短長亭古今情樓外涼蕭一暈生雨餘秋更清○暮

雲平暮山横幾葉秋聲和鴈聲愁人不忍聽

唐多令　武昌懷舊　　劉改之

蘆葉滿汀洲寒沙帶淺流二十年重度南樓柳下繫

船猶未穩能幾日又中秋○黃鶴斷磯頭故人曾到

易感別離，風味宛在言外

意則悽恰，讀則情切。一鳫嗚咋，寂寥無語，春愁若也。

否舊江山都易新愁。欲買桂花重載酒，終不似少年遊。

秋霽　秋晴　　陳後主

紅雨侵階，乍雨歇，長空萬里凝碧。孤鶩高飛，落霞相伴，遠映水鄉秋色。黯然望極，動人無限愁如織。又聽得雲外數聲新鴈正嘹嚦。當此暗想畫閣輕拋，杳然殊無個消息。漏聲稀，銀屏冷落，那堪殘月照窗白。衣帶頓寬猶阻隔，算此情苦，除非宋玉風流，共懷傷

廿五

月色溶溶似花陰寂寂春此二語可為此詞一評也

感有誰知詩

滿庭芳　秋思　　秦少游

碧水澄秋，黃雲凝暮，敗葉零亂空堦。洞房人靜，斜月照徘徊。又是重陽近也，幾處處砧杵聲催。重門外，風搖翠竹，疑是故人來。○情懷增悵望，新歡易失，往事難猜。問籬邊黃菊，知為誰開。謾道愁須殢酒，酒未醒愁已先回。凭闌久，金波漸轉，白露點蒼苔。

搗練子　秋閨　　秦少游

詞簡情長，讀之淒然

梧桐葉上，雨瀟瀟散，作秋聲入人耳

心耿耿淚雙雙，皓月清風冷透窗。人去秋來宮漏永，夜深無語對銀釭。

醜奴兒令　秋恨　李後主

轆轤金井梧桐晚，幾樹驚秋。晝雨和愁。百尺蝦鬚上玉鈎。○瓊窗春斷雙蛾皺，回首邊頭。欲寄鱗遊九曲寒波不泝流。

解蹀躞　秋思　周美成

候館丹楓零落，百葉隨風舞。夜寒霜月飛來伴孤旅。

淚珠都化作秋宵枕上雨奇絕新絶

睽違時憶曾聽憂愁時思歡娛人情大抵然也此作得其大象

還是獨擁孤衾、夢餘酒困都醒、滿懷離苦、○甚情緒、
深念凌波微步、幽房暗相遇、淚珠都作秋宵枕前雨
此恨音驛難通、待憑征鴈歸時、帶將愁去

碧芙蓉　秋怨　　柳耆卿

夜雨滴空階、孤館夢回、情緒蕭索、一片閑愁、丹青難
邈、秋漸來、蛩聲正苦、夜將闌、燈花旋落、最無端處、總
把良宵、抵恁孤眠卻。佳人應怪我、別後寡信輕諾
記得當初、翦香雲爲約、甚時向深閨幽處、按新詞流

兩點春山滿鏡愁，奇甚。所謂萬綠叢中紅一點，動人春意不須多。

霞共酌，再同歡笑，肯把金玉珍珠博。

右秋景六十餘詞，悉係情意之作，餘不錄。

冬景

南鄉子　閨情　周美成

晨色動粧樓，短燭熒熒悄未收。自在開簾風不定，颼颼，池面冰澌趁水流。早起怯梳頭，欲挽雲鬟又却休。不會沉吟思底事，凝眸，兩點春山滿鏡愁。

浣溪沙　晚景　賀方回

粉香羅漢二句對代　遯齋

此詞句法從數至我念梅花花念我未覺新絕

鶯外紅綃一縷霞淡黃楊柳帶棲鴉玉人和月折梅花○笑撚粉香歸綉户半垂羅幕護窗紗東風寒似夜來些

南鄉子　夜景　　秦少游

簫籠寂無聲衾鐵稜稜近五更香斷燈昏吟未穩凄清只有霜華伴月明應是夜寒凝惱得梅花睡不成我念梅花花念我關情起看清冰滿玉鉼

少年遊　冬思　　林少瞻

此詞新雅豪暢未更尖進二步

句法字法俱有可人朱希真此詞倘點夢花之筆也

霽霞散曉月猶明、疏木掛殘星。山逕人稀、翠蘿深處
啼鳥兩三聲。○霜華重逼雲裘冷、○心共馬蹄輕。○十里
青山。○一溪流水。○都做許多情

滿路花　風情　朱希真

簾烘淚雨乾、酒壓愁城破。冰壺防欲竭、焙殘火。朱消
粉退、絕勝新裝裹。不是寒宵短、○日上三竿、○殢人猶要
同卧。○如今多病、寂寞章臺左。黃昏風弄雪、門深鎖、
蘭房密愛、萬種思量過。也須知有我。○著甚情悰、你但

句句奇絶字字妙絶至末三句尤輕巧標疊如飛燕之體態大亦動人

忘了人呵

江城梅花引　閨情　康伯可

娟娟霜月冷侵門怕黃昏又黃昏手撚一枝獨自對
芳樽酒又不禁花又惱漏聲遠一更更總斷魂斷
魂斷魂不堪聞被半溫香半熏睡也睡也睡不穩[illegible]
與溫存惟有床前銀燭照啼痕一夜為花憔悴損人
瘦也比梅花瘦幾分

菩薩蠻　閨情　李太白

惟〻巧〻如落花水面皆文章妙絶

前參情成辛韻詞家〻魁合周美成是誰

平林漠〻煙如織寒山一帶傷心碧暝色入高樓有人樓上愁○攔杆空佇立宿鳥歸飛急何處是歸程長亭更短亭

南鄉子　閨情　周美成

生怕倚欄杆樓下溪斂樓外山惟有舊時山共水依然暮雨朝雲去不還○應是躡飛鳥月下時〻整佩環○月又漸低霜又下更闌折得梅花獨自看

憶秦娥　對雪懷舊　張安國

當靈累私寫閨思太是有情

翩躚舞遊同其悠揚杜宇啼時司其淒楚

靄靄暮陰風慘淡天花落天花落千林瓊玖滿空飛鶴征車渺渺穿花薄路迷迷路增蕭索增蕭索莫溪山水碧湘樓閣

桃源憶故人　閨情　　秦少游

玉樓深鎖薄情種清夜悠悠誰共羞見枕衾鴛鳳悶則和衣擁無端畫角嚴城動驚破一番新夢窗外月華霜重聽徹梅花弄

木蘭花令　冬景

梅粧柳絮一聯詠雪極佳

沉檀烟起盤紅霧。一剪霜風吹繡户。漢宮花面學梅粧。（梅花落額拂之不去遂為梅粧）謝女雪詩裁柳絮。長垂天幕孤鸞舞。旋炙銀笙雙鳳語。紅牕酒病對寒氷。冷覺相思無夢處。

此詞三十餘字讀之有餘味

憶王孫　冬景　歐陽修

同雲風掃雪初晴。天外孤鴻三兩聲。獨擁寒衾不忍聽。月中明。牕外梅花影瘦橫。

如夢令　冬景　秦少游

冬夜月明如水。風景驛亭深閉。夢破鼠窺燈。霜送曉

好梅影橫牕瘦之句悅人心目

此詞寫旅思宛轉有情妙作

寒侵被無寐無寐門外馬嘶人起。

點絳唇　旅思　汪彥章

新月娟娟夜寒江靜山啣斗起來搔首梅影橫牕瘦。○好箇霜天閑卻傳杯手君知否亂鴉啼後歸興濃如酒。

梅花引　旅思　万俟雅言

曉風酸曉霜乾一鴈南飛人度關客衣寒客衣單千里斷魂空歌行路難○寒梅驚破前村雪寒雞啼破

清逸瀟洒不是尋常口吻歐公長于文且長于詞調誠真名家筆也

西楼月。酒腸寬。酒腸寬。家在日邊。不堪人倚欄。

漁家傲　冬景　　歐陽脩

十月小春梅蕊綻。紅爐煖閣新烟逼。錦帳美人貪睡煖。羞起嬾。玉壺一夜氷澌滿。楼上四垂簾不捲。天寒山色偏宜遠。風急鴈行吹字斷。紅日晚。江天雪

多撩亂。

不消心上恨丁香
空結雨中愁

恒言

句惹寒衣
敬寄夫

附閨閣丰韻情詩卷六

豫章　竹溪主人　彙編
南陽居士　評閱

七言絶句

涇水芙蓉清逸可人

征婦送衣　司空曙

夫戍蕭關妾在吳。西風吹妾妾憂夫。一行書信數行淚。寒到君邊衣到無。

一剪一針腸一斷句

和征婦送衣　方干

西風吹鴈落東吳、自整寒衣欲寄夫、一剪一針腸一。

可新絶

悔教夫壻覓封侯體貼婦人口氣甚到

荷葉妾衣荷花妾貌奇絶

斷。不知夫。亦斷腸無。

閨情　岑參

深閨少婦不曾愁。鎮日凝粧上翠樓。忽見陌頭楊柳色。悔教夫壻覓封侯。

採蓮曲　鄭志謨

青螺寶髻綠雲紗。蕩漾輕舟入若耶。笑謂妾衣若荷葉。莫非妾貌似荷花。

宮詞　蘇子瞻

枝上鳴鳩，蕭蕭嗚咽

帳吟芙蓉夜似年、皺眉幾度帶愁眠、君王不肯輕憐。妾桃工相思只自憐。

閨怨　宋之問

清絕無烟火氣

花事闌珊綠正肥、傷春細蹙小腰圍、一般杜宇前山暮。風雨蕭蕭人不歸、

閨怨　司空曙

體貼閨中之愁甚到

藁砧（夫曰藁砧）出去正春初、忽見梅花近歲除、荏苒流光到一載。薄情不寄半行書。

口頌語道得如此詩家三昧矣

無限悽愴觀者悽悽

蕩婦吟　賀之章

郎遊白下妾醉懸，傳說歸時蜀有錢。今撫菊花樓上望，歸帆又是武昌船。

明妃曲　鄧志謨

嚴名

朝陽一出淚潸潸，抱得琵琶馬上彈。北是胡中南是漢，斷腸總在鴈門關。

宮詞　宋子璐

碧紗牕上月流光，嬾月推牕懶上床。眼前一般傳玉漏南宮夜短北宮長（篇笑八。夜短。宮冀。更長。）

此一詩可比峴山上墮淚碑

傷別

唐名妓

一呷（歇）春醪百感生。斷腸芳草斷腸鶯。願教別淚啼為雨。明日留君不出城。

何物張郎能賦此悽惋句

傷別

張文潛

亭亭畫舸繫春潭。直待離人酒半酣。不管煙波與風雨。載將別恨過江南。

寄情人

禹素

情款之次

憶昔相逢意自親，於今嫌戀更情真。儂心到此郎知否？不似楊花解惱人。

贈郭一妹　趙觀

句甚新脫，想郭家一妹為人可知

茅簷委巷任幽棲，門徑蕭了絕馬蹄。說與風流還自省，蓮花原是出污泥。

裂帛贈情人　李素芳

半束儂心半繫君妙人心隨

一握輕綃手共分，綠怨剪破帶蘭芬。應知不是輕機杼，半束儂心半繫君。

首二句咏中秋妙絶

中秋夜與友人對月　趙今燕

天上月從今夜滿，人間秋向此時分。與君莫惜杯中物，君對儂兮儂對君。

夢中誰是畫眉人，渾是有情語

寄情郎　薛瓊素

春風薰幰賽花神，別後相思入夢頻。樓閣新成花欲語，夢中誰是畫眉人。

品茶　趙觀

讀罷茶經一試茶，月團茶名何處覓春芽。懷人欲作金莖

淡粧句便有出塵之態

昭君彈琵琶不過乃剩者

露乃恐相如渴轉看（相如有渴病）

送妓從良　　胡楚

淡粧輕素鶴翎紅，移入朱闌便不同。應笑西園舊桃李，強勻顏色待春風。（[illegible]耳沉溺拘闌者）

燕子樓詩　　關盼盼

樓上殘燈伴曉霜，獨眠人起合歡床。相思一夜情多少，地角天涯不是長。

張建封有妾關盼盼，張死，獨處燕子樓中十餘年卒

构攔怨　　鄧志謨

驪昭佳人心事二十八字寫盡

自入青樓幾度春。迎新送舊日頻頻。薄情龜媽猶相怪。不戀新人戀舊人。

以許多淡歸于嫁鹽商思深哉此詩

妓嫁鹽商　崔琦

淡紅衫子淡紅裙。淡掃蛾眉淡點唇。只為一生都着淡。故將身嫁賣鹽人。

許多悽切若楚

寄王魁　桂英

上國笙歌錦繡鄉。僊郎得意正疏狂。誰知憔悴幽閨女。日覺春衣帶系長。（謂腰肢瘦也）

[illegible]兩不着一點俗

寄張正字　　倬意歌

瀟湘江上採春田、消盡寒冰落盡梅、願得兒夫似春色、一年一度一歸來

寓意悠深措詞宛轉妙作

截髮贈郎　　張巧兒

妾今截髮為君贈、須念糉臺寄意深、此髮願隨常作鬢、卻教妾罷白頭吟

寄趙判院情郎　　蘇小娟

君在湘江妾在吳、無情人寄有情書、當時若也來相

刺臂之語乃癡心之話也，妙妙。

花笑柳眠對甚整，後二句正見寄約之意。

訪還有於潛緗也無。（地名　出緗）

刺臂答情郎　杜巧兒

莫言刺臂是尋常，刺入儂肌痛入郎。試取血書和淚照，墨痕千載骨猶香。

寄約　姜舜玉

花知妾意綻含笑，柳見郎來忽作眠。（漢宮有三眠柳）幾度欲將羅帶解，只愁鸚鵡向人傳。

寄約　妓邵氏

句句動人，字字入竅

輕逸悠揚，以風裡語，花於風可玩

折旋之作，予二句猶推一步

歲暮蕭蕭雨雪多，寒威入户蓮金搓。忽聞青鳥傳消息，為問佳期更若何。

贈遠　薛濤

芙蓉新落蜀山秋，錦字開緘到是愁。閨閣不知戎馬事，月高還上望夫樓。

送友人　薛濤

水國蒹葭夜有霜，月寒山色共蒼蒼。誰言千里自今夕，離夢杳如關塞長。

二卷　八

有情之人乃見此有情之語

明月夜留別　李冶

離人無語月無聲、明月有光人有情。別後相思人似月。雲間水上到層城。

祖餞賓　鄂州妓

悲莫悲兮生別離、登山臨水送將歸、武昌無限新栽柳。不見楊花撲面飛。

愁自家玉杯中流出詩從祗公口裡吟成

送武補闕　襄陽妓

弄珠灘上欲銷魂、獨把離怀寄酒尊無限煙花不留

此來句許多情思

末二句甚大通得出

有趣有趣

意忍教芳草怨王孫

送人　　朔朝霞

秋風江上送君舟。落葉江　總別愁。解纜不知郎去遠。凭欄猶倚夕陽樓。

贈人　　妓小小

楊子江邊送玉郎、柳條牽挽似絲長、柳絲挽得吾郎住。再向江頭種兩行。

與蘇生談別　　景翩翩

蕭逸似余手筆

珍艷樂袁以楊柳小蠻腰此可爲評

莫照容顏照妾心句太奇

歌闌十日平原酒，直上三秋汴上船。揚鄂一經搖落後，相逢明月幾回圓。

送友上春官　淮安妓

淮草青青淮水渾，安排樓櫓送王孫。明年三月桃花發，君聽傳臚妾倚門。

覽鏡貽別　劉桂紅

離別牽腸淚不禁，願君常記白頭吟。相看畫上菱花鏡也月，莫照容顏照妾心。

此詩詠送人愁不但揚州花落使人愁

送魏嘉則遊廣陵　　趙令畤

秋風吹送木蘭舟處處青山待隱侯莫向尊前歌玉樹。揚州花落使人愁。

輕巧之句婁婉之意

暮春江上送別　　趙令畤

一片潮聲下石頭江亭送客使人愁可憐垂柳絲千尺不爲春江綰去舟。

敘別　　王觀徵

祖帳遙離候館鵶送君南浦碧輪斜。萋萋輾破王孫

眉達逸應作

末二句又神境矣

草寂寞芙蓉江上花。

送別　王觀徵

花下逢君又送君。鶯儔燕侶自紛紛。閑情此際腸應斷、愁倚西窗日暮雲。

送別　杭州妓

一杯一曲一傷神。疊破陽關恨轉新。此去不知何處宿。雞鳴猶是夢中人。

贈妓　呂楚卿

係貼到逼真絕妙甚切甚

明日早來四字亦有雅見

字字見情游好沐詞家妙手

一捏纖腰娲小蠻。日高猶自嚲香鬟。含羞不奈人諦笑。半掩輕羅壓遠山。（自）

未採涴也

寄謎情詩　周冠

雪融雲靜滿天光。（明）海國扶桑擁太陽。（日）厭逸行人沾曉露。（早）楚宮幽夢到高唐。（來）

秋夜寄友人春　薛濤

天上銀河一色秋。梧桐疎影掛牽牛。闌干玉露三更靜。曲奏霓裳何處樓。

好一句蘭為相思柳為愁此是從公口吻

宛轉有情飄逸可味

此詩有無限半韻除

贈王生　　　　　　景翩翩

把筆瀟湘五月秋，灞橋流水贈驊騮。幽蘭却怨江南柳，蘭為相思柳為愁。

寄陳玉英時留姑蘇　　　　　趙今燕

何處簫聲獨上樓，傷心桃葉水空流。一泒南國香銷後，誰復佳人字莫愁。（莫愁古歌古洛女妙人否）

題妓移居別處　　　　　蘇子瞻

路入桃源莫問津，此中別有武陵春。綠窗深鎖無人

部蘇仙誰有此作

一鳩鳴午欸正是如此語

有思致有感慨覽者真之

到。唯。有。花。香。時。襲。人。

送苟實卿還蕪湖　江陵妓

君家旅寓楚江平。今日相逢識姓名。却恨明朝又離別。相思一夜繞蕪城。

有感　劉燕歌

憶昔歡娛不下床。盟齊山海莫相忘。那堪忽爾成拋棄。千古生憎李十郎。唐時人

寄遠　溫婉

關雎之作引是動人

意中之人心中之事字字可人

言言刺骨字字讀心妙作也

小花靜院東風起燕燕鶯鶯拂穠李斜倚紅墻卜遠人樓外春山幾千里

寄情　　溫婉

郎在溪西妾岸東雙眸寄恨託溪風待郎行盡溪漁路笑入垂楊避釣翁

寄情入　　白藏

夜夜相思孤枕眠愛而不見但相憐即無縮地飛天術賴得思君有夢傳

此詩末二句愈玩愈有情令人心中戚戚

無限愁思不覺手韻

思入風雲

寄情　　紫翩翩

歌筵舞席思渾迷、血淚私將枕上啼、君意莫隨流水去、妾心已作水中泥。

寄情　　劉惜惜

祆廟（明神之廟）已言無烈火、銀河誰道有風波。不能剗頸酬知己、腸斷臨岐（分別）可奈何。

寄張六郎　　孫□嬌

早起臨粧拂鬢鴉、香風何處襲輕紗。六郎政爾韋儂

受態多自走此作

兩種毛嫱不加粉黛而媚

花因有意偏含咲柳為無情更不言

意開適盆中蘂藹花。

寄友　景翩翩

蛾眉慵畫鏡慵開，裙蛾腰圍自剪裁。二十五絃彈欲斷，偏留明月印蒼苔。

寄吳郎　王儒卿

舊事巫山一夢中，佳期回首竟成空。即心亦是浮萍草，莫怪楊花易逐風。

贈汗巾　王觀

詞新意雅

字字可動人心肝言言可與人目睫

關雅有風味妙妙

冰肌織就自鮫人流向人間不染塵帶結同心聊作
伴朝朝暮暮詩相親

贈帨巾　陳真素

半幅輕綃意不窮贈君憂思更忡忡只須鄭重春衫
裹莫使相思淚染紅

寄汗巾　宋小燕

高樓風雨易黃昏拭淚緘題欲斷魂不是迴文誇錦
字相思聊且寄啼痕

李公何等戀慕愛卿，封侯印也不要。

放嬌声一句，運思風流意趣。

贈妓愛卿　李師中

願將貔貅十萬兵，犬戎巢穴一時平。歸來不願封侯印，只問君王覓愛卿。

贈妓薛瓊瓊　劉應如

自分平生無所願，一心願作樂中箏。得近玉人纖手裡，研羅裙上放嬌聲。

贈妓曹妙清　楊廉夫

美人絶似董嬌娆，家住南村第一橋。不肯隨人過繡

詞詞雅雅，西施女自長本色粧點

有無限悽人淼怨露出句中

去。月明夜夜自吹簫。

閨情　張妙淨

憶把明珠買妾時，妾起梳頭郎畫眉。郎今何處妾獨處，怕見花間雙蝶飛。

春歸有感　孟淑卿

落盡棠梨水拍堤，萋萋芳草望中迷。無情最是枝頭鳥，不管人愁只管啼。

閨情　孟淑卿

瀟洒出塵，吟風弄月手段。

不向郎啼，文情好還句也。

雅戀不著塵埃氣。

粧樓倦倚袪幃，鴉鬢寶髻慵簪茉莉花。蝶粉蜂黃渾褪却。不應人尚在天涯。

閨情　　鄧志謨

風掃桃花片片飛。夜闌不寐倚屏幃。簌簌杜宇催歸切。不向郎啼向妾啼。

閨情

聞郎腰瘦寄歸期。望盡天邊破鏡飛。新月曰　夜燈花圓似粟。故令不肯送寒衣。

末二句好數口唯杜公乃有此等語

以閨中之婦而聞杜宇之聲為詩不偶

賦閨情　　杜荀鶴

獨上江樓憶遠遊。忽聞深柳一聲鳩。風々雨々来何急。只說荒苔。不說愁。

賦閨情　　蘇子瞻

無奈春寒半掩門。故園花片落紛々。杜鵑更是惱人鳥。只在花間泣血痕。

賦宮怨　　蘇子瞻

君王選妾入重闈。不見君王睠妾時。欲買長門一篇（漢武時陳后失寵相如為作長門）

渠蛩啾唧之歎徧入愁人之耳果然

意甚新詞甚婉非李青蓮口吻不能道

賦。誰人更是漢相如。

閨情　李素素

傷心燈下自停梭。夜雨墻頭長薜蘿。欲作關山一場夢。賠人無奈砌蛩何。

构欄怨　鄧志謨

洞房夜夜強支吾。一夜歡娛一夜夫。今夜才郎非昨夜。背燈羞解繡羅襦。

寄阮郎　武陵姝

不分桃花紅似錦亦此意

得怨思之意雅甚

無限悽愴使人觀之泪下

吳山楚水路迢遥幾度思君倍寂寥惟有隣好月明夜〻美嬌簫

閨情　　劉蕙姐

夫在瀟湘妾在吳漏長輾轉自支吾姮娥深鎖廣寒殿妾與姮娥一樣孤

贈周郎行　　江陵妓

送別江亭共酒杯傷春含淚自徘徊楊花有似離人意滾作心頭恨一堆

主意深委　措詞妥切

夏日贈扇　董如瑛 坊妓婦窗詞云丕

相逢日夕歡相狎、念爾炎蒸授素縺顧言慎勿棄篋
酒匝詞中恩情中道絕、
風蕭條空激班姬匣、

酒膩可味　措詞處渾不著力

折花贈友　薛濤

青鳥東飛正落梅、銜花滿口下瑤臺。一枝為授殷懃
意把向風前旋旋開。

此詩宛轉　有情一字

裁衣寄人

霜華肅瑟念衣單、小閣挑燈展素紈、手握揃刀瀌 尊子

一語無非動人佳趣

東風吹柳花渾不着力

一腔心事都寄在四七二十八個字

水為郎裁剪不知寒。

解佩贈友　　賈素琴

半嚲雲鬟倚繡牀，生憎雙燕宿雕梁，臨風忽憶人如玉，自解鳴璫贈阮郎。

懷人　　齊錦雲

何事春風鎮掩門，繡牀斜倚獨銷魂，無端更向花間立，不覺春衫濕淚痕。

寄友　　薛濤

昔見此病

草色三春雨露帝二月天此可為評

離情何限

前日花開不同賞今朝花謝不同悲。問渠欲識相思
處只在花開花落時。

懷人　　李冶

心遠浮雲去不還心雲併在有無間狂風何事相搖
蕩吹向南山復北山

閨情　　常浩

昨夜門前信始來行人尚在小春囬誰家樓上吹
笛偏送愁聲向妾哀

清思宛轉語句凄涼讀之令人怏怏

百囀鶯啼寫出許多情況有情之語自是動人

閨怨

寂寂離居無姿淚，迢迢遠役斷君腸。嗟哉不及樓中燕，鎮日雙雙語畫梁。

春閨怨　二首　朱泰玉

入眼春光長似醉，愛春翻作傷春淚。愁恨牽情最惱人，落來花片飛來絮。

亂落桃花飛絳雪，柳梢頭上三更月。一縷名香手自焚，閑山夢落魂飛越。

悠揚發二語非凡品

貴聲心標吐出許多審來

病中寄友　景翩翩

處損修眉長閉門東風吹雨怕歸魂不知郊外無絲柳青入簾頭第一村

春日即事　張九

金針刺破隱兒紙引入梅花一線香蝴蝶也知春色好倒拖花瓣上東牆

春懷　張秀蘭

開盡鶯花燕也愁可堪百舌惱枝頭春歸但是隨緣

瀟湘鼓瑟中鼓出此音調

淵〻雅〻一種丰韻自是可人

散暗逐流紅出御溝。

夜坐有憶　　景翩翩

柳底繁陰月影藏，無端寒露泣寒螿（寒蟬）殘秋莫坐空堂夜，二十五絃更漏長。

楊柳枝詞　　周德華

清江一曲柳千條，二十年前舊板橋。曾與情人橋上別，更無消息到今朝。

河亭夜月　　鄭如英

二丁六峯何等俊逸

丰韻殊絕

好寫入照君総中

玉鏡宵升玉露團，懷人永夜捲闌干。秦淮不繞閨中夢，三十六峰天際寒。

懷人　蘇淑華

別後相思任我真，恍疑魂夢洛川神。無端飲却相思水，不信相思想殺人。

秋閨曲　張秦玉

芙蓉露冷月微微，小院風清鴻雁飛。闌遶玉闌千萬里，秋深何處寄寒衣。

妒對代語覓之洒々

思徵太上

寄情郎　　趙令畤（言有深然）

桃源人去絳帷寒、雪滿瑤臺夜未闌、洞口有雲留白鶴（故人之者），人間無路見青鸞（謂信之斷）

懷人自嘆　　王觀微

金風颯颯透羅幃，夜聽寒蛩淚濕衣，自恨不如遼海燕，無由得傍故人飛

寄張夢徵六兄　　王觀微

一鏡初開水上粧，漣漪風細過來香，閑凭畫檻沉吟

置後曲中調大是悽悽慘

秋雁過南樓哀悲之聲嘹唳

又。摘得荷花憶六郎。

秋夜有感　王觀徵

浪說佳人字莫愁、不堪蕭瑟荻蘆秋、明河影落涼如水。幾處相思十二樓、

寄情　馬月嬌

長虹帶映竹邊樓、樓外煙光望裡收、一水盈盈人不見。數聲腸斷雁橫秋、

閨情　杜蜀鵑

夢魂不怕，江流過大，江來亦是此意

樓角光斜月半稜。憶郎無語伴孤燈。惓來一枕夢飛過。吳山翠幾層

閨情

薛子瞻

啼痕幾串珠之句妙甚妙甚

郎在瀟湘妾在吳，相思枕上夢魂孤，夢迴燈下思前事，兩頰啼痕幾串珠。

秋夜話別

鄒志謨

好一句滿船盡載別離愁

涼風冷露一天秋，浮白相將月滿樓。明日片帆江上去。滿船盡載別離愁。

不盡怨思之作

愁絕丁香百結花此一句非李杜不能道

征婦吟　薛氏女

送郎浦口問歸期，笑指芙蓉開處歸。今日芙蓉開太半，反教思婦寄寒衣。

閨情　吳文鸞

明月娟娟照碧紗，夜長無奈夢魂賒。劉郎去後春老，愁絕丁香百結花。

秋夜月下飲　薛濤

秋滿瓊江酒滿樽，桂花香裡細論文。良宵若作三分

末二句瀟洒有情

閑閑雅，風韻迥別

祖裡中寫，雖憶無限

景。風。月。雨。分。人。一。分

閨情　　吴氏女

曾記東風郎上船，玉纖（指也）屈處正三年。嗟郎不作還家計，莫是他鄉無杜鵑。

右七言絕凡七十餘首

五言四句

閨情

夜雨滴空階，滴滴空階裡。空階滴不入，滴入愁人耳。

淚添九曲竟無盡果悲

末二句大有情致

閑雅可味

詠懷　劉絓紅

愛點愁人淚。不許西風吹。吹到長江裡。江流無盡期

寄夫　陳氏女

欲日相望極、須知意思迷、愛魂不怕險。飛過大江西。

青樓怨寄郭生　景翩翩

欲歌春望詞。誰是知音者。門口木蘭舟。常繫垂楊下

閨情　劉淑媛

去日說歸期。擡黄橘緑時。梅花開大半。夫婿未曾歸。

二十個字字字鎔棲是者煉淚

作無太妙

酒不解真愁信然

鄭婦吟　譚氏女

瑶池古水雪爲妾作心肝死者倘復生剖與良人看

青樓寄怨　江陵妓

罪眠郎有雙今坐妾偏寡等待薄情來揉碎花兒打

與蘇生訣別　景翩翩

道是愁無極還教仗醉魔誰知醒時意説向醉中尋

送別　趙今燕

渺渺春江上孤舟去莫留思君若流水日夕伴行舟

何況一語，刺骨

一字一相思，真是有情之作

卓文君遠山眉，此作可擬

寄趙郎　阮碧雲

牛女一水隔，經年始一會。何况妾隔君，千里雲山外。

寄沈郎　薛素素

別路三千里，離情十二時。詩成憑寄與，一字一相思。

寄吳郎　李秀蘭

燈下金錢卜，風前玉笛橫。此時身與世，總是別離情。

畫蘭扇贈鄭圖南　王蘂珠

屢結騷人佩，時飄鄭國香。郎心能永念，幽谷自含芳

宛轉甚有情思

此詩知天工欵花人自生一點俗態

贈指環　高鳳翾

贈郎雙指環。此意郎知否。顧逐掌中珍。把握從郎手

感懷吟　李素素

風花日將老、佳期猶渺渺、不結同心人。空結同心草。

閨情　沈鮮鮮

窗前六出花。（書花）心與寒風折、不是郎歸遲、郎處無氷雪

閨情　蘇巧雲

夜靜還未眠。蛩吟遶雞歇。無那一片心。說向雲間月。

言新雅淡
涵味不淺

雅甚之作

寄謝郎　吳興妓

玉釵空中墮金鈿已行歇、獨泣謝春風、長夜孤明月

寄阮郎　張碧蘭

郎如洛陽花妾似武昌柳、兩地惜春風何時一攜手

贈歸人　蘇蟬翼

郎去何太速。郎歸何太遲。欲借一樽酒。共叙十年思。

怨詞　景翩翩

豈曰道路長、君懷自阻止、妾心亦車輪日日數千里

怨思之作字字有感

吳宮西子漢苑王嬙皆美艷者

過淺熱當

[illegible]

怨詞　景翩翩

郎作溪中水，水還不離石。君心似楊花，隨風無定跡。

貽友人　李冶

尺素如殘雪，結爲雙鯉魚。欲知心裡事，看取腹中書。

寄沈郎　金陵妓

萬木凋零苦，樓高獨倚欄。綉幃良夜永，誰念怯孤寒。

秋日贈劉郎扇　薛濤

人皆棄秋扇，妾爲秋扇傷。寧忘適後熱，莫負當時涼。

吞約成虛約可惜

有約　趙令畤

良宵空有約，何處鬧陽臺。月落江天闊際，一鴈來

楊花舞風渾不著力

懷人　秦玉鸞

簾幕蟲聲切，掀庭月影斜。可憐秦館女，不及洛陽花。

春閨怨　李素素

佇立井欄上，數株拖已紅。念君遼海北，拋妾宋家東。

夢裡萬重山二句太有情思

傷春　景翩翩

風。雨歸殘春，鶯懶梨花鬧。夢裡萬重。山疊起江南恨

悽惋委曲自是可人

征婦吟　孫氏女

漢水自盈盈、男兒事遠征、不知別後夣夜夜到宜城。

雅思奇語

征婦吟　蔡氏女

駿馬嘶銅蹄。金羈艷隴西。郎應重意氣。妾豈向人啼。

此詞有不盡之思倘情郎見之惕然乎否

桃葉歌　景翩翩

儂自喚桃葉。儂貌似桃花。桃花容易落。郎尚在天涯。

有憶

別去忽經春。相思隔楚雲。北鴻飛欲盡。不寄尺書聞。

情景淒然，占盡懷抱。

嘆息之聲，如蛩語之啾啾唧唧。

稚意婉詞，見於悄然。

臨鏡有感　趙今燕

憶昨花前別。秦淮水又秋。朝來怯臨鏡。孤影鏡中愁。

見燕有感　李素素

獨坐捲羅幃、愁看雙燕飛。思君不如燕、一歲一回歸。

聞鴈有感　陳鮮鮮

獨捲羅幃坐寒燈、聞鴈聲。一旋腸。一斷愁思滿孤城。

醉羅有吟　周文

醉羅月已明照我還照君、如何君不見、只見天邊雲。

二詩似鴻厲行出料出許支表怨子幾般裡許出無限悽惶

蜀天何處盡二句何物美人有此敲口

賦自君之出矣寄沈郎　趙今燕

自君之出矣，不復步前軒。愁見中宵月，清光欲斷魂。

又

自君之出矣，不復倚闌干。最是傷情處，春來芳草寒。

送周郎　李素素

君有成都往，思君難得還。蜀天何處盡，巴月幾回彎。

寄沈郎

別日芙蓉發，芙蓉今又秋。相思不相見，明月滿西樓。

何等情思寓之筆端

人共二句有十分悽惋意

寫意深遠無以加矣

寄何郎　　蘇巧雲

憶自河梁別，孤衾不奈寒。朝朝樓上望，蕭損玉欄杆。

送別詞　　景翩翩

送郎出浦口，淚濕青衫透。情共楚天長，人比黃花瘦。

咏睫子寄意　　妓小蘭

一片寒微骨，翻成面面心。自從遭點污，拋擲到而今。

寄劉郎　　岳氏女

人去瀟湘外，天高一鴈孤。夜深濃不寐，淚濕繡羅襦。

王嬌攀花譬愁難滿手

寄周郎　秦氏女

人去秋宵永。無眠擁翠衾。蕭々蓮葉雨。滴碎壞聰心。

右五言絶二十六首

五言八句

相思怨　李冶

相思海深欲不可測離恨天高哉不可窮采然

人道海水深。不抵相思半。海水尚有涯。相思渺無畔。

攜琴上高樓。樓虛月華滿。彈得相思曲。弦腸一時斷。

寄情郎　李素素

黄花明月二句除是李杜有此口吻

雖有情思或殺丰韻

對代整結搆新真是吟風弄月手段

眼底秋光老揄揚咽穗黏黄花知我瘦明月伴人孤人遠吳山隔更長楚雁呼何時瑣牕下重解繡羅襦

調情有索　丁六娘

君言花勝人人今去花近寄語落花風莫吹花落盡欲作勝花粧從郎索紅粉郎有惜花心勿負花枝嫩

答徐驚鴻勸酒　陳瓊芳

當杯多賞會樂酒獨稱宜今日儂為政此時卿莫辭卿無用卿法儂豈顧儂私即看如約者便是有情癡

蕭灑絕塵湓城夏口一聯尤覺愈妙

咸有情思咸有風味

妙甚不可

送韓郎之江西　　李冶

相看折楊柳別恨轉依々萬里西江水孤舟何處歸
湓城潮不到夏口信應稀惟有衡陽雁年々來去飛

送別劉郎　　陳鮮鮮

交情何草々別思更悠々有夢見郎面無書寄隴頭
頻將別時淚化作江水流風波不可散點々逐郎舟

別顧情人　　趙令燕

舉酒憐心舊看衣識淚新綣為詩酒伴又作別離人

言翰遏者矣矣

餘音嫋嫋不絕如縷

燕燕鶼鶼對代有情而詞更豔麗可愛

今夜一輪月明朝兩地春好因江上柳折滑寄頻頻

冬日留別吳郎　馬月嬌

悬愛朝相暮、那堪愁自深、樽前一杯酒江上百年心

荏苒悲離况、蕭條淚染襟河橋漫分手春日豈登臨、

寄趙郎　李素素

感郎眺風愛、着意守香奩歲月都忘遠、情悰在久淹、

于飛期燕燕比翼誓鶼鶼（比翼鳥）細把歸期數、屈指尖

寄孫郎　景翩翩

悠揚之態婉轉之詞奇絕奇絕

瑩簇曲中愁不過乃爾

甚悽婉甚痛快結語寓歸期意妙絕

憶自陽關別，心懸天一涯。月明湘浦悅，人在莫愁家。古名妓。恨重眉消翠，愁多鬢亂鴉。重陽時節近，卻待賞黃花。

送別　馬月嬌

牕外西風急，飄飄葉下黃。不堪紅粉女，輕別畫眉郎。極目人千里，牽情鴈一行。相思知最苦，落月在高梁。落月滿屋梁，猶疑照顏色。

寄洪生　景翩翩

記得陽關別，溪流有碧波。吞聲番哽咽，洒淚覺滂沱。梧老飄黃葉，蓮殘墜粉窠。明朝是七夕，牛女渡銀河。

十一

武陵溪水江挽谷一直滚下

然艷自春鶯口中吞出

對情　趙蘊如

淡烟芳草地。細雨綠楊天。記妾醻杯酒。送君登畫船。懷人千里別。看月幾回圓。織得相思字。無因托雁傳。

春怨　朱泰玉

雁闕音信斷、蘭閨物候妍、草色三春雨。鶯啼二月天。覽鏡紅顏改。緘書錦字鮮。相思不自抑、愁倚玉樓前、

賦醉卧美人　徐驚鴻

金樽憑興寄、帛挽髻容華腕。合顋痕玉眉分臉暈霞

儘有情思
儘有態度
儘有意味
妙甚

一篇多一
俗態吟風
手償青奇

已酣楊柳態，未足海棠花。下起橫（照也）波漫，拋[illegible]

憶期蓮生　鄭如英

執手難分處，前車問板橋。愁從風雨長，魂向別離銷。客路雲兼樹，粧樓暮與朝。心旌誰復定，幽夢正搖搖。

右五言律二十八首

七言

贈妓素蘭　鄭如圭

花枝艷艷玉溫溫，彼美嬋娟迥絕群。駿韻細調鸚舌

卉月大有情致

有悽愴有激弔征婦而吟此小我淺収之詩也

語才華新炫鳳毛文輕盈鬟擁雲雙疊秀娥眉學月痕龐濁素蘭稱謂好不妨君子伴幽芬

賦征婦吟二首　　鄧志謨

去年郎去討烏孫（西域）今歲猶征吐谷渾（西羌）勇健直堪稱爪（爪牙之）士激弔猶不愧鴉軍（李克用軍皆衣黑號鴉軍）望穿眸睫書難寄熏盡沉檀被不溫倘是良人滯邊塞也須自織錦迴文

其二

去歲郎行菊有華今年菊綻未歸家妾思紫塞路千

〻〻慘悲切。可選入、或唐之品

閑雅悠揚，如落崖流水之瀦〻也

里人在黃雲天一涯，夜月照人持漢節，秋風吹淚落胡笳。愁來一覺關山夢，腸斷邊鬆兩鬢稀。

秋日懷彥卿寄書社生　　蔣瓊瓊

當時一自叶琴心，悵別逢秋思不禁。憶爾豈應尋別調，逢人只是念知音。慵拈鏡匣辭膏沐，却似刀環望樂府何時大刀頭蓋刀有環寓還之義藁砧。今日憑君作雙鯉，一緘珍重莫浮沉。

閨思　　譚氏女

珠淚紛〻滴硯池，含愁忍寫斷腸詩。自從昔日分攜

體貼閨情口氣十分中款且寫無限情思殊甚

手直到于今懶畫眉無藥可醫長夜恨有錢難買少年時此情說與春山鳥應向江南勸客歸

寄夫衣　薛氏女

人言牛女隔天河每到秋來只一過歲歲與君身上服縷縷是妾手中挼剪刀欲下心先碎針線縫粘淚更多長短只依舊時樣不知肥瘦待如何

再贈趙生有賦　李非煙

去年花裡送君行此日相逢又落英已道鸞儔難再

合，寧期牛女度，憐情雙眉轉覺增新恨。片語無非話

舊盟，莫向清宵惜沉醉，河橋明發（猶云明日）又長征（征行）

夏日懷張禰軒　　馬片嬌

獨坐空庭憶往年，蘭湯共浴晚風前。即今兩地愁孤

枕，何日重逢醉綺筵。萬疊楚山人去遠，千尋湘水夢

相連。音書相見人難見，獨倚雕欄自悵然。

寄温婉美人　　吳元亮

自覺當時輕別離，西風一騎出京畿。五更夢遶三千

曲盡閨閣情思而講詞更滑切有味妙作

換瑤堦下珊瑚帳裡對仗整

里一日愁縈十二時寶瑟丟閑因別帳金錢睽損為佳期東風簾捲増惆悵燕子歸來人不歸

右七言律二十一首

情詞

織錦迴文 竇滔遠戍流沙妻蘇氏織錦迴文以寄之 蘇蕙娘

君承 皇詔安邊戍送君遠別河橋路含悲掩淚贈君言莫忘恩情便長去何期一去音信斷遣妾屏幃春不㬉換瑤堦下碧苔生珊瑚帳裡紅塵滿此時憶

痴情有情思可愛

此處似洞簫聲如訴嗚々響

別每驚魂將心倚托更逢君、一心願作滄海月。一心願作嶺頭雲。嶺雲歲々見夫面、海月年々照。將遞飛来飛去到君傍。千里萬里重相見。追思、路遠關山隔。恨君塞外長為客。去時送別蘆葉黃。誰信已經柳花白。百花散亂逢春早。春音催人向誰道、垂楊一院為君攀。落花滿地無人掃。庭前春草正芬芳、抱得秦箏向畫堂。為君彈唱江南曲、附寄情深到朔方。朔方迢遞山河越、萬里音書長斷絕、銀粧枕上淚沾衣。金縷

悲愴似寒蛩泣露蟀悽如怨鴈號雲

無限悽惶引動離人情緒

羅裳縫皆裂三春鴻鴈渡江散此是離人腸斷情箏絃未斷腸先斷怨結先成曲未成君今憶妾重如山妾亦思君不等閑織成一本獻天子願放兒夫及早還

秋閨怨　岑參

娟娟一片長安月滿地月光皎如雪金飛搗練夜三更玉漏催籌腸寸結深庭寂寞流螢飛偏引愁人鬢別離鳳凰樓上吹簫女絲緯機中織錦妻關山迢遞

不勝蒼怨使人觀之惻然

怨情淚湘靈謳中歎出哀情淚馬融笛中吹來

不相見夢迴枕上增悲悲索索今宵繞畫屏班姬以夕悲團扇銀蟾（月）射影透金徽（紫）蕭黃沙白路迤邐（遠貌）征夫天外行憐影少婦窗前想盡百一聲點笛聲嗚咽吹動關山（曲名）愁切切相思暮嶺斥殘黃惆悵秋閨孤月白衡鴻湘鯉（衡陽雁湘江鯉皆能傳書）兩悠悠冷露涼風萬里秋玉堦有樹繞烏鵲銀漢無橋度女牛夜闌針線慵收拾獨撚紗窗自嗟泣可惜文君粉黛消誰憐司馬青衫濕雙蛾（眉也）蹙損柰愁何光陰客裡空蹉跎獨有寒衾伴李寂誰將寶

看情人還有情詞只無情卻被多情惱

一篇怨詞從宋玉筆下賦來的

楚調清歎，與君相思在二八，與君相期在三五。羅襦羞掩琵琶絃，銀缸恐對螢篊語。螢篊再彈月已微，樓頭斗轉參又移。歸心日遠大刀折，（刀頭有環以還字義故云）極目天涯破鏡飛。（新月）

寄陸仲文寫怨　杜飛飛

歡來兩意濃於酒，自擬如君情亦有。君貌君才妾獨憐，妾悲妾喜君知否。怨君怜眼腸偏熱，怨君情多語更別。一心直把掌中擎，一心番作刀頭折。相將共起合懽牀，啼笑緣君兩不忘。柔腸萬轉難憑著，除卻思

除却思郎却恨郎此一句妙甚

有趣有趣讀心之始

郎郎郎却恨郎

贈情人詞　鄭雲璈

明明的山盟共設。鬱鬱的爐香漫爇。怕情人心見別。貼香肌把着人香燒。微此際情兒切。此恨疤難滅。便做個冷痛熱還疼。須知是我和伊着疼熱。

別離曲　南陽妓

妾家鄞侯國、肯媿邯鄲妹、（六讓道姬之美）世本富繒綺、嬌愛比明珠、十五學組紃（針指嘆）未嘗闚户樞、十六失所適、姓名傾里閭、愁愁之思，悠悠揚揚，從胸中吐出，筆下寫來。

此處有風韻，有意味，宛轉悠揚，似江流九曲，可愛可愛。

十七善歌舞、使君要宴娛、自有茲樂府、不得同羅敷、（羅敷出婦善歌）
涼溫忽荏苒、屢接朝大夫、相歡不及情、何異途路衢、
昨日昇一郎、目色不曾渝、結愛從此篤、暫隔猶云殊、
如何遂從宦、去涉千里途、郎跨青驄馬、妾乘白雪駒。
送郎郎未遠、別妾妾仍孤、不如水中鱗、雙雙依綠蒲。
不如雲中鵠、兩兩下平蕪、魚鳥尚有托、妾今誰與俱。
去去約春華、終朝懲日躁、一心留杏子、便擬見梅花。
梅花幾時吐、頻倚欄杆數、東風若見郎、重為歌金縷。

雅思奇想大是可人

讀之令人一唱三嘆而有餘味

別蔡郎詞　　薛素素

記得相逢二月春，桃花如錦草如茵，黃鸝兩兩成佳偶，綠柳絲絲綰住人，千金不惜重然諾，意氣慷慨忻所托，比翼鳥兮連理枝，私語叮嚀莫教錯，那堪風雨妬芳菲，歎息韶華得幾時，自是鴛鴦春夢斷，番成一段別離悲，羅衫紅濕啼痕透，可憐酒醒愁依舊，須知何處更思君，月明人靜黃昏後

寄朱純所情人　　杜飛飛

謹謹峭峭，大有佳趣。

不盡愁思，一字字可入悲秋賦。

望水邊登山，山邊湖又闊。相思無曉夕，想望經年月。

君知花殘不復鮮，尚知妾老不少年。君當憶花須念妾，明月重來不似前。

卜算子詞　沈生　桑翩翩

相思似海深，舊事如天遠。淚滴千行又萬行，更使人愁腸斷。要見無因見，見了終難拚。若是前生未有緣，今生重結來生願。